閻魔堂沙羅の推理奇譚

負け犬たちの密室

木元哉多

講談社
タイガ

CONTENTS

[ILLUSTRATION] 望月けい
[DESIGN] AFTERGLOW

【第1話】

武部建二　43歳
刑事

死因　刺殺

To a man who says"Who killed me,"
she plays a game betting on life and death.

1

吐《は》いた息が白くにごり、暗夜に溶けていく。

季節は冬、深夜二時。

凍《い》てつく寒さのなか、古い建物が密集した住宅地の路地裏で、二人の刑事が息をひそめている。

武部建二《たけべけんじ》は革手袋をした手をポケットに突っ込み、夜空に浮かんだ月をぼんやり眺《なが》めていた。隣に立つのは森野智也《もりのともや》。三ヵ月前に戸塚《とつか》署に配属されてきた二十六歳の新入りだ。緊張からか、その顔はこわばっている。

張り込みを続けて、二時間。

一台のバイクのエンジン音が近づいてくる。嫌な音だ。バイクに乗るのは、ひょろりとした長身の男。名は井ノ原卓馬《いのはらたくま》という。生まれも育ちも日本だが、イラン人の血が混じっているため、顔の彫りが深い。

窃盗で執行猶予中の身だ。現在は暴力団系列のナイトクラブで働いている。

井ノ原はバイクを停《と》めて、エンジンを切った。ヘルメットを外したその顔が、間違いなく井ノ原だと確認した。

「行くぞ、森野」

武部はまっすぐ歩きだす。

井ノ原はバイクのキーを取り、ヘルメットを抱《かか》えて、自宅アパートに向かっている。背後から迫って、襟首をつかみ、近くの電柱に頭ごと叩《たた》きつけた。

「いてぇ」

井ノ原は即座に戦闘態勢に入る。とがった目で武部をにらんだ。

「なんだ、てめぇ」

「よう」武部は笑った。

「あ」

啖呵《たんか》を切ったものの、相手が刑事だと分かり、井ノ原は表情を変えた。

「刑事さんじゃないすか」

「でかい声を出すなよ。近所迷惑だろ」

「いきなりなんすか。のっけから手荒い真似《まね》してくれるじゃないすか」

「元気にしてたか、坊や」

「何の用すか。俺、何もやってないすよ」

執行猶予中であり、上からもめ事を起こすなと釘《くぎ》を刺されているのだろう。刑事と争う気はないが、未熟なので、反抗的な態度も隠せない。媚《こび》と反抗が入り混じった卑屈な目つきを浮かべている。

「俺もおまえなんかに会いたかねえよ」

井ノ原の股間《こかん》に蹴《け》りを入れた。急所に入り、井ノ原は顔をゆがませた。内股《うちまた》になり、腰が砕《くだ》けた。

「……刑事が、一般市民にこんなことしていいんすか？」

「いつから一般市民になったんだよ」

「一般市民すよ。まじめに働いて、税金も納めてるんすから。訴えますよ」

「どこに？」

「…………」

「どこに訴えるんだよ。誰が証明する？　自分の立場が分かってないようだな」

もう一発、股間を蹴りあげる。地面にひざをついた井ノ原の髪をつかんで、後頭部を電柱に打ちつけた。ゴン、と鈍《にぶ》い音が鳴った。

「居酒屋の店長にアリバイ証言をさせたのは、おまえだな」

傷害事件の捜査中だった。

被害者は五十代サラリーマン。すれちがいの不良グループにからまれ、殴られた。頬骨《ほおぼね》を折る重傷を負った。被害者の証言から、犯人はすぐに特定された。十九歳無職の八尾《やお》というごろつきだ。しかし八尾にはアリバイがあり、釈放された。

武部は、このアリバイ証言に疑問を持った。

アリバイ証言者は、居酒屋店長の吉井《よしい》という男で、ごく一般の市民だ。八尾との接点はなく、それゆえにその日、店に来ていたという証言は信用されたのだが、武部が独自に捜査してみると、まず八尾と井ノ原の接点が見つかった。二人は一時期つるんでいて、特に井ノ原が八尾をかわいがっていたという。そして井ノ原と吉井は、同じ中学の出身、一年後輩の不良仲間だった。

吉井は今は更生していて、自分で店をかまえるまでになっている。

つまり井ノ原が八尾のために、吉井にアリバイ証言させたという構図が考えられた。

「おまえ、吉井を脅して、アリバイ証言させただろ」

「誰っすか、吉井って?」

「おまえの中学の後輩だよ」

「……ああ、そんな奴《やつ》、いたっけな」

髪をつかみ、後頭部を電柱に打ちつけた。

「なめた口きくなよ。脅迫で刑務所にぶち込むぞ」

「知らないっすよ。マジで勘弁してくださいよ」

「いや、刑務所じゃ生ぬるいな。いっそ地獄に送るか。おまえ、旭東会《きょくとうかい》の岩舘《いわだて》と親しかったよな」

旭東会の岩舘。この名を聞いただけで、ここらの不良どもは震えあがる。地元の不良グループをしきり、使い捨ての駒《こま》として麻薬売買や口座引き出しに使う。性質が凶暴で、裏切り者には必ず報復をおこなうことで有名だ。

「近々、旭東会にガサ入れが入る。俺から岩舘にこっそり言ってやろうか。今回のガサ入れは、おまえのタレコミが原因だと」

「何のことっすか」

「おまえが司法取引で、自分だけ助かりたいがために岩舘を売った。そういうことにしてもいいんだぜ」

「そんな、俺、知らないっすよ」

「そうやって岩舘にすっとぼけてみろ。信じてもらえるといいな。ま、俺を信じるか、おまえを信じるかは岩舘次第だ。俺は岩舘の耳元でささやくだけだ。おまえが裏切り者だとな」

「勘弁してください、刑事さん。マジで」

井ノ原の唇《くちびる》が震えはじめる。

「岩舘は何をするか分からねえぞ。小指で済めばいいけどな」

武部はもう一度髪をつかんで、後頭部を電柱に打ちつけた。

「アリバイは撤回させろ。いいな」

「は、はい」

「それから二度と吉井にからむな。まじめに働いて、家族を養っているんだ。おまえみたいなカスが関わるんじゃねえ」

返事がないので、ふたたび後頭部を打ちつける。井ノ原はうめいた。

「分かったら返事だ」

「はい、はい、分かりました」

「おまえもいい加減、足を洗ったらどうだ。おまえみたいな頭の回らねえガキがこの世界にいても、いいように利用されておしまいなんだよ。おまえ一人くらい、どうにでもできんだぞ。こっちは学校の先生じゃねえんだ」

井ノ原は地べたにへたり込んでいる。半泣き顔で、戦意喪失している。

武部は腰を上げた。森野は離れたところに立っていて、肩を縮こまらせ、遠巻きにこちらを眺めていた。目が点になっている。

「おい、行くぞ」

「は、はい」

森野は裏返った声で返事をし、のそのそと武部の後をついてきた。

「吉井は、八尾のアリバイ証言を撤回しました」

戸塚署刑事課フロア。

武部は課長席の前に立ち、須崎昭夫《すざきあきお》に最終報告をした。

「やはり井ノ原から強要されていました。脅されて、やむなく証言したということです」

「ご苦労さん。さっそく八尾の逮捕状を請求する」

あのあと、武部は吉井に連絡を取り、必ず警察が保護すること、ここで井ノ原との関係を断《た》っておかないと、今後も同様のことを強要され続けることを説明した。吉井は正直に告白した。吉井は既婚者で、子供もいる。軌道に乗りかけていた店の経営と、妻子に危害を加えられることを怖《おそ》れて、逆《さか》らえなかったという。

これにて一件落着。武部の仕事は終わった。

「で、武部。森野の様子はどうだ?」

「ええ、なんとかやってます」

「どうだ、使えそうか?」

「どうですかね。もう少し様子を見てみないと」

お茶をにごすしかなかった。

森野が戸塚署に来て、三ヵ月になる。

武部が指導員になり、一緒に捜査に回っている。高卒の武部と異なり、森野は大卒だ。

本人の希望により、刑事課へ配属された。

同期の中では出世頭だ。仕事の覚えは早いし、書類仕事でもミスがない。普通の会社に入っていれば、するりと課長職までは行きそうな男である。きつい仕事でも、愚痴《ぐち》や弱音を吐かず、なんとか食らいついていこうとする姿勢も気に入っていた。

しかし森野には刑事として大事なものが欠けている。

それは毒だ。

毒をもって毒を制す、という言葉通り、犯罪者という毒を制するには、刑事も毒を抱えていなければならない。

犯罪の現場では、きれいごとは通用しない。武部が井ノ原にしたように、脅しや暴力といった手段を行使することもあるし、時にはヤクザさえ利用する。

ある意味、刑事と犯罪者は同質だ。

同質であればこそ、犯罪者がやってくるであろうことの予測がつき、その心理や考えを読むことができる。正義の軍隊も、悪の軍隊も、使う武器は同じだし、人を殺すという点では同じだ。毒を悪のために使うのが犯罪者、正義のために使うのが刑事。目的や理念は異なれど、正義と悪は紙一重であるといつも思っている。

その毒が、森野にはない。

森野は、道徳的な両親に育てられた心優しい子供だ。血を流すほどの喧嘩《けんか》をしたこともない。恵まれた環境で、緊張感なく育ったゆとり世代。それが森野に対する評価で、タフな刑事にはなれそうもない。犯罪の最前線に出て、犯罪者と渡り合っていけるかは、かなり怪しい。

井ノ原のときも、森野は離れた場所に立ち、青白い顔をして肩をすくめていただけだ。武部がいなくても、森野一人で井ノ原のような悪党と戦っていけるだろうか。法律を勉強し、捜査マニュアルを暗記しただけでは足りない。巨悪と立ち向かうには、自らの体内にも毒を飼っていなければならない。

しかし前向きに努力する姿勢は買っていた。武部とはちがったタイプの堅実な刑事にはなれるかもしれない。書類仕事は正確だから、情報処理系には向いている。そう思って、長い目で育てようと考えていた。

武部のその微妙な表情から、森野に対する評価は須崎に伝わったようだ。

「まあ、長い目で見てやってくれや」と須崎は言った。

「はい」

報告を終え、トイレに行った。小便をして戻ると、自販機の横のベンチに森野がぐったりした顔で座っていた。

「森野、どうした？」

「あ、武部さん。いや、べつに」

森野の顔に生気がない。危険な兆候だった。

新入り刑事によく見られる抑鬱症《よくうつしょう》。慣れない仕事という以上に、経験したことのない暴力的な世界を目の当たりにして、不安や恐れが強く出ている。

基本的に犯罪者は恐ろしい。井ノ原クラスですら、一般市民からすれば充分怖いのだ。そういった連中と日々対峙《たいじ》するストレスは並大抵ではない。毒に満ちた世界だからこそ、毒に飲み込まれないために、自分の体内にも毒を飼っていなければならないのだが、その毒が森野にはない。

森野の中でいろんな感情が渦巻いているのだろう。

どんな世界でも、新入りはみな同じ経験をする。とりわけ警察においては、理想と現実のギャップがはなはだしい。

武部にもそういう時期はあった。不規則かつ長時間の勤務、過酷な現場、そのストレスと緊張で、睡眠薬を手放せなかった時期もある。

武部はその内なる戦いに勝って、今ここに刑事として存在している。勝つか負けるかは森野次第。負けたのなら、刑事を辞めるなら辞めるで、引き止めはしない。勝った奴だけが残ればいい、と武部は思う。刑事として生きる必然性、なすべき宿命を持っている人間だけが、この戦場に残ればいいと。

ただ、心が弱って判断力が落ちているときに、早まって何かをしでかす。ひどい場合には自殺もありうる。警察官の自殺率は低くない。まじめで責任感の強いタイプが多いからかもしれない。特に森野はやわで、ストレス耐性が低いため、思いもよらないことをしでかさないか、それだけが心配だった。

「まだいたのか。早く帰れ」

武部が言うと、森野はかぼそく首を振った。

「いいえ、報告書、まとめておかないと」

「いいよ、んなもん。明日にでもやりゃいいよ」

「でも、今日中に片づけておかないと……」

杓子定規《しゃくしじょうぎ》に仕事をやろうとするところが森野らしい。抜くところは抜かないと、もたないのだが。

「なあ、森野。明日、大きい事件が起きないともかぎらないんだぞ。いったん捜査がはじまったら、解決を見るまで休めなくなる。休めるときに休んでおくんだ」

「はあ」

「今日は早く帰って、ゆっくり休め」

傷害事件の捜査で、ずっと忙しかった。八尾の逮捕までこぎつけたので、あとは人にまかせて早めに帰る。武部は警察署を出た。

夜六時。いつもより早い帰宅だ。帰っても夕飯がないので、なじみの料理屋の暖簾《のれん》をくぐった。カウンター席の端《はし》に座った。

「ビールに餃子《ギョウザ》、焼き鳥を適当に」

武部は三年前、離婚した。妻は唐突に家を出ていった。弁護士が来て、離婚届を突きつけられた。

弁護士から提示された離婚理由に、DV、という項目があった。確かにカッとなって妻を平手打ちしたことは数回あったし、しゃきっとしない息子にしつけで体罰を加えたこともあった。しかしDVという認識はなかった。

武部の主張は法律的に通らなかった。面倒になり、離婚届にサインした。財産分与と養育費は払っているが、慰謝料はなし。当時、小四の息子の親権は、妻に渡った。以来、一度も会っていない。電話さえしていない。

一人で黙々と食事をした。

すいていた店内も、次第に混みだした。サラリーマンの一団が入ってくる。商談でも成立したのだろうか、祝勝会のノリで騒いでいる。武部はあんな楽しい雰囲気の場にはいられない。我ながら刑事にしかなれない人間だったとつくづく思う。高卒で警察に入ってから、出世にも興味を持たず、刑事畑を歩んできた。

ビールを二本飲み、会計をすませて外に出た。

夜風が冷たかった。ほろ酔いでほてった身体《からだ》を冷やしながら、駅まで歩いた。

考えることが何もない。

事件が解決すると、自分が空疎になった気がする。自分の年齢を思い出す。四十三。体力の衰えを感じるようになった。

駅まで歩いてきて、ふと足を止めた。

四車線の道路をはさんだ、通りの向こう側。イタリアンレストランの前に、森野が立っていた。スマホの画面を見ている。そこに一人の女性が歩みよってきて、声をかけた。森野は女性の顔を見て、少し笑った。

森野の恋人のようだ。女性は栗色《くりいろ》の長い髪で、ダッフルコートを着ていた。年齢は森野より上かもしれない。距離が遠いので、はっきり見えないが、目鼻立ちの整ったボーイッシュな顔立ちに見えた。

二人は並んでレストランに入っていった。早く仕事が終わったのに、署に残っていたのは、彼女との待ち合わせがあったからかもしれない。

少し安心した。

この三ヵ月、森野の笑顔を見ていない。憔悴《しょうすい》しきった顔ばかり見てきた。だが恋人がいて、少なくとも恋人の前ではあんな笑顔を見せるのであれば、自殺の心配などはなさそうだ。

武部は駅に向かって歩きだした。

翌日、八尾は逮捕され、すみやかに自供した。八尾から井ノ原にアリバイの偽証を頼んだことも判明した。

武部と森野は別件での捜査を終え、車で戸塚署に戻っている。運転席の森野は疲れた様子だった。

武部はふと聞いた。「森野」

「あ、はい」

「なんでおまえ、警察に入ったんだ？」

「警察に入った理由ですか」

森野は自嘲《じちょう》するように笑った。

「小学校の卒業アルバムに、将来の職業は警察官って書いてあります。子供のころから決めていたんです。だから、逆に深く考えたことはないんですよね」

「入ってみて、どうだった？」

森野は長い沈黙に入る。仕事に対して迷いがあり、森野なりの答えがまだ出ていないということだろう。

「想像とは、だいぶちがってましたね」

「もっとかっこいい仕事だと思ってたか？」

「んー、きつい仕事だとは覚悟してましたけど」

「ま、時としてやっていることはヤクザと変わらねえからな。どっちが本物の悪党か、分からなくなるときがあるよ」

「武部さんはすごいと思います、本当に」

「ん？」

「俺も武部さんみたいに強くなれたらいいんですけど」

警察無線が入った。たった今、一一〇番通報があり、人が血を流して死んでいるとのこと。場所はマンションの一室、戸塚署の管轄内だった。

人が血を流して倒れているのを見て、一一九番通報ではなく、一一〇番通報したということは、ひと目見て明らかに死んでいる、かつ犯罪性を強く感じさせる死に方をしていたことになる。殺人と考えていい。

こういう場合、現場にもっとも近い者（通常は交番勤務の警官）が急行して、状況確認をするのが普通だが、その場所はたまたま二人が走っている道路のすぐ近くだった。

「近いな。行くぞ」

「はい」

武部は須崎に連絡を取った。近くにいるので現場に急行することを伝えた。数分で現場に到着した。

車を下りたところで、スーツを着た若い女性が駆けてきた。

「あの、警察の方ですか？」

武部が答えた。「そうです。通報者ですね」

「はい、あっちです」

女性は柴田《しばた》と名乗った。死体はマンションの四階の一室だという。

「どういう状況ですか？」

「部屋で、榎並《えなみ》さんが頭から血を流して倒れていて……」

「頭から血とは、具体的に？」

「頭が……、あの、潰《つぶ》れてました」

「あなたと榎並さんはどういう関係ですか？」

「同僚です。英会話教室で働いています。今日、榎並さんが出勤してこなくて、電話しても連絡が取れないので、私が自宅に様子を見に来たんです。ピンポンを鳴らしても出なくて、でもドアノブを回したら鍵《かぎ》が開いていたので、部屋に入りました。そしたら榎並さんが、そういう状態で倒れていて……」

柴田の声は震えていた。

マンションに入り、エレベーターに乗って四階に上がった。

手前から三つ目の部屋に、「榎並」という手書きのプレートが出ている。柴田に玄関前で待っているように言った。

手袋をして部屋に入った。森野もついてくる。

部屋はしんとしている。匂《にお》いはない。

開け放したドアがあった。中をのぞくと、猛烈に血の匂いがした。リビングの床に、男が倒れている。

「おまえはここにいろ」

森野に言った。武部は一人、ドアをくぐった。

男は頭が潰れていた。血の海に顔をうずめ、うつ伏せで倒れている。生死の確認は不要だった。

煙草《たばこ》の吸い殻が十本ほど、床に散乱している。

死体の肌を指で軽く押した。その硬直度と血の乾き具合から、おおよそ死後半日以上と算定する。犯人はとっくに立ち去っている。そうであれば、もう現場は荒らさず、すみやかに鑑識を入れるだけだ。

「おえっ」

背後でうめき声がした。

振りかえると、森野がリビングに入っていて、嘔吐《おうと》していた。口からドボドボと嘔吐物がこぼれ落ちる。血の匂いに混じって、胃液の匂いが立ち込めた。昼に食べたラーメンとチャーハンが消化不良のまま、床に吐きだされた。

「ああ、バカ」

「す、すみません」

森野は口に嘔吐物をつけながら、うめくように言った。

「なにやってんだ。入ってくるなと言っただろ」

森野は他殺死体を見たのは初めてだろう。所轄の刑事課にいて、管轄内に殺人事件が起きることは、この日本においてそう何度もあるものではない。グロテスクな死体と血の匂いで、気分が悪くなるのも分からないではないが。

事件現場で刑事が嘔吐するなんて最低だ。とにかく被害を最小限にする必要がある。

「森野、動くなよ。ゲロをまきちらかすな」

武部は携帯や財布などを抜き取ったうえで、自分の上着を脱いだ。

「よし、ゆっくり下がれ」

森野をどけて、嘔吐物を覆《おお》うように上着をかぶせた。ところが森野は、足に力が入らないのか、よろめいて尻《しり》もちをついた。

「ああ、なにやってんだ。しっかりしろ」

森野に肩を貸して、部屋の外に出た。玄関前で柴田が立っていた。エレベーターのところまで戻り、廊下に森野を座らせた。

武部は須崎に電話をかけた。

「もしもし、武部です。現場に到着しました。被害者は榎並という男で、頭が潰れていて即死です。死後半日くらい経《た》っていると思います。とりあえず現場保全します」

「分かった。すぐに初動捜査の手配をかける」

「ただ一つ、とてもお聞かせづらいのですが」

「なんだ？」

「申し訳ないことに、森野が現場にゲロを――」


戸塚署に捜査本部が設置された。

警視庁の捜査一課が乗り込んでくる。捜査の主導権は彼らの手に委ねられ、武部ら所轄の刑事は、彼らのフォロー、悪く言えば、雑用込みの使い走りになる。聞き込みなどの人海戦術要員、あるいは案内役といった仕事が主になる。

被害者は榎並颯天《はやて》、二十七歳。英会話教室の講師。両親ともに日本人だが、生まれ育ちはアメリカで、英語はぺらぺらだという。英語講師のかたわら、端正な顔立ちと長身を生かしてモデル業もやっていた。

死亡推定時刻は、昨夜二十一時から二十三時。

犯人は顔見知り。不法に侵入した形跡がなく、榎並自身が部屋に招き入れたと考えられるからだ。凶器はガラス製の灰皿。榎並は喫煙者で、リビングにガラス製の灰皿があったと複数の友人が証言している。それが部屋になく、床に煙草の吸い殻が散乱していたことから、灰皿が凶器と推定された。

状況から推測される犯行形態は、以下の通り。

犯人はふいうちで、ソファーに座っている榎並の後頭部に灰皿を叩きつけた。それは致命傷にはならなかったが、榎並が振り向いたところで、ふたたび灰皿を振りあげて頭頂部に叩きつけた。頭蓋骨《ずがいこつ》が陥没し、皮膚は破れ、かなりの出血があった。即死だった、というのが司法解剖の結果である。

犯人は凶器を持って立ち去った。だがマンションに防犯カメラはなく、聞き込みでも有力な情報は得られなかった。

榎並は、アメリカ仕込みの社交術でおしゃべりがうまく、講師としても有能で、生徒からの評判もよかった。ただ、女癖《おんなぐせ》が悪かった。いい女を見るとすかさず口説きに行き、高い確率で落とす。ほめ上手で、コミュニケーションツールをたくみに使いこなし、記念日には必ずプレゼントを贈るという、まめな性格。しかし女を捨てるときは薄情で、女性関係のトラブルは絶えなかった。

女性関係にスポットを当てて、容疑者を絞り込んでいった。アリバイがあるなどの理由で犯人でないと確定した者を除くと、三人の女性が残った。

付き合いの古い順に整理すると、

①玉橋由季菜《たまはしゆきな》、三十四歳、看護師。

合コンで知り合い、交際をスタートさせたのが四年前。しかし二年前に別れている。調べてみると、玉橋には多額の借金があり、返済のために看護師のかたわら、病院には内緒で風俗店で働いていることが分かった。

問題は、借金の原因だ。榎並に貢いだものらしい。

交際当時、榎並には起業する計画があり、玉橋に出資を頼んだ。当時の玉橋にはまとまった貯金があった。それをそっくり榎並に渡した。しかし起業計画を進めていくと、当初の予定額では足りなくなり、その追加費用も玉橋に泣きついた。玉橋は榎並に惚《ほ》れぬいていたため、借金して貢いだという。

ところが、その計画が頓挫《とんざ》する。榎並が言うには、業者の裏切りにあって資金を持ち逃げされたという話だ。だが、本人がそう説明しただけで、榎並はそのころ、ギャンブルに染まっていたという情報もあった。玉橋は返済を求めたが、その金は正式な契約に基づくものではない。法律上はあげた金であり、返済義務はない。

その後、借金を抱えた玉橋には用はないとばかりに、榎並から別れを告げられた。それが二年前のこと。しかし現在も返済交渉は続いている。玉橋は、榎並の職場に電話をかけるなど、嫌がらせ行為をしていた。

本人の弁。

「榎並に貢いだお金は、全部で二千万です。そのうち半分は借金です。返済してほしいけど、法律的に無理なのは分かっています。私がバカだったということですね。高利で借りていたので、大変でした。病院に内緒で、風俗店で働いているのも事実です。でも、あと少しで返済できるところなんです。榎並の職場に電話をかけたのも事実です。だって携帯に電話をしても、着信拒否されるだけだし、家を訪ねても居留守を使われるだけですから。ちょっと恥をかかせてやろうと思っただけです。でも殺したりはしていません。そんなことしても無意味ですから」

②清水麻帆《しみずまほ》、二十六歳、ＯＬ。

友人の紹介で知り合い、一年前から交際。だが二週間前に別れている。理由は、榎並の浮気。

その日、清水が榎並の自宅を訪ねると、若い女性を部屋に連れ込んでいた。芳根美加《よしねみか》という女性で、清水は逆上して芳根に暴行し、警察が駆けつける騒ぎになっている。芳根は軽い怪我《けが》を負ったが、事件化することはなく、厳重注意で済んだ。

榎並の浮気癖は以前からあり、いよいよ愛想《あいそう》がつきて、清水のほうから別れを切りだした。榎並は特に引き止めなかった。

本人の弁。

「榎並とは別れましたよ。私が殺すわけないでしょ。あんな男のために人生を棒に振るような真似をするわけないじゃないですか」

しかし詳しく調べてみると、そんな簡単な話ではなかった。

榎並と付き合って半年後、清水は妊娠している。榎並の子供だった。榎並に結婚を迫ったが、今はできないと言われ、それどころか中絶するように頼まれたという。清水は仕方なく人工中絶した。

ふたたび、本人の弁。

「確かに、あの男の子供を身ごもりましたよ。でもあの男は芸能活動もやっていて、映画の話が決まりそう、仕事に支障が出るから今は結婚できないと言われました。そのときは俳優デビューのチャンスを潰したくないと思って、言われた通りに中絶しました。でもそれ、嘘《うそ》だったんですよ。ただ子供が欲しくなかっただけ。責任を負いたくないから。そういう男なんです。その中絶費用だって一銭ももらってないし。本当にろくでもない男ですよ。今はせいせいしています。あんな男の子供、産まなくてよかったって」
③芳根美加、二十歳、女子大生。
新潟《にいがた》出身で、現在は都内で姉と二人暮らし。

将来は女子アナ志望で、英語力アップのため、英会話教室に通っていた。そこで講師の榎並と知り合った。

交際は半年前から。しかし二週間前、榎並の部屋に呼ばれて食事していたところ、清水が乱入してきて、顔面をはたかれた。そのとき初めて、二股《ふたまた》をかけられていたことを知った。しかし榎並が謝って、清水とは別れたため、許したという。

本人の弁。

「確かに清水さんのことで喧嘩になったのは事実です。でも彼がちゃんと謝ってくれたので、それに関しては許しました」

芳根は清楚《せいそ》な女子大生というイメージだが、榎並の携帯には、芳根とのキス写真や、性行為のあとを思わせるベッドでのいちゃつき動画が残っていた。

なお、事件当日は、大学が終わったあと、自動車教習所に通い、自宅に帰っていたそうだ。榎並の死亡推定時刻には姉と一緒にいたと証言した。姉も同様に証言したが、家族ということでアリバイ採用はされなかった。

三者三様、榎並を殺す動機があり、しかしアリバイはない。清水と芳根は、玉橋のことは知らないと主張した。玉橋も二人のことは知らないと言っている。

容疑者の洗い出しが終わり、ほぼこの三人に絞られた。捜査一課による重点的な取り調べが進んだ。

そんな中、武部と森野は、捜査の本流から外れて、一つの遺留品と格闘していた。

それは小指に載るほどの小さな鎖の輪。

おそらくチェーンとしてつながっていたものだが、思いきり引っぱったのか、チェーンがちぎれた部分、C字形の輪が一つ、事件現場に落ちていた。この鎖の輪について調べるのが、二人に与えられた任務だった。

科捜研で検査したところ、おそらくネックレスなどの装飾品で、百円ショップで売られているような安価な品ではない、とのこと。

だとすれば、こういう可能性もある。

犯人はネックレスをしていた。犯人は榎並に灰皿を叩きつける。その際、榎並は犯人に向かって手を伸ばし、ネックレスに手をかけた。引っぱった結果、チェーンがちぎれた。犯人は落ちたネックレスを回収したが、チェーンのちぎれた箇所、一片の鎖の輪には気づかず、現場に残して立ち去った。

もちろん、事件とは無関係という可能性もある。しかしそれが現場に残されていた遺留品である以上、無駄骨になるとしても調べないわけにはいかない。

チェーン業界の専門家に話を聞いたところ、輪の独特の形状から、国内製の可能性は低いことがまず分かった。そこで海外メーカーに絞り、有名無名のメーカーを一つずつ当たっていくと、オランダのVFVという高級ブランドの製品だと判明した。日本支社に問い合わせ、チェーンの成分表と照合したところ、完全に一致した。オランダの自社工場で製造されていることも分かった。

ただし、このチェーンの製造は四年前からで、五十種を超える商品に使われていた。販売総数はゆうに一万を超えている。日本では十店舗で売られていた。そのため、このチェーンを使った商品の全購入者の特定は不可能だった。

特定できるのは、国内の販売で、クレジットカードを使って購入した者の記録だけである。それも、せいぜいこの一年ほど。

いちおう、可能なかぎりの購入者リストは作ったが、その中に三人の容疑者の名前はなく、榎並の名前もなかった。また、三人の容疑者がVFVのネックレスを持っていたかを友人等に聞いたが、知っている人はいなかった。

ここまでの調査に三週間かかった。

結局、判明したのはブランド名と、五十種以上ある商品のどれかというだけ。そもそも事件に関係しているのかも不明なまま、捜査の糸は切れた。

武部と森野がネックレスの調査にかかりきりになっているあいだも、捜査本部では三人の容疑者への取り調べが続いていた。

もっとも強く疑われたのは玉橋だった。別れたのは二年前だが、今も借金が残り、風俗店で働いて返済を続けている。また、職場に電話をかけるなど、嫌がらせもしていて、強い動機があるというのが主な理由だった。

ここで思いがけないことが起こる。

凶器が発見されたのだ。

駅前のコインロッカーから、血まみれの灰皿が見つかった。

そのコインロッカーは、暗証番号で開けるタイプのキーレスロッカーで、一週間以上放置されていた荷物は、管理人が別の場所に保管することになっていた。開けると、中から血がこびりついた灰皿が出てきた。管理人が不審に思い、警察に連絡を入れた。その血を鑑定したところ、榎並のＤＮＡ型と一致した。

問題はその灰皿が、薄紙に包まれていた点だ。

その紙が特殊なものだと判明し、調べてみると、あるクリーニング店で使用されているものだと分かった。しかもそのクリーニング店は、玉橋が勤める病院と契約していた。看護師が着る白衣などを洗っていたわけだが、医療機関ということで血液や薬品が付着している可能性を考えて、特別な扱いをしていた。

洗った白衣は、無菌紙と呼ばれる薄紙をあててたたみ、一着ずつ専用の袋に入れて返していた。したがってこの薄紙は、玉橋が日常的に手にしていたものだった。このクリーニングの系列店でのみ使用されているものだということも分かった。

おそらく玉橋は、無地の薄紙なので、ここから足がつくことはないと思い、血で汚れた凶器を包んで、コインロッカーに放置したのだろう。しかもそのコインロッカーのある駅は、玉橋が病院に通勤する際の乗りかえ駅にあたる。

ちなみにコインロッカーに犯罪の証拠物を隠すというのは、よくあることだ。犯罪者の心理として、血のついた凶器などはそれ自体が気味わるいし、また、いつ警察が家宅捜索に入るか分からないという恐れがあるために、家に置いておけない。かといってポイとは捨てられないものだ。それが犯人の首を絞める決定的な証拠物であるがゆえに、逆説的に処分できず、大切に保管していたりする。

結果、自宅にも置いておけず、かといって手放せず、その中間に位置するコインロッカーに隠しておく。過去には殺人に使用した拳銃《けんじゅう》を隠していた犯罪者がいたし、死体を貸し倉庫に置いていたケースもあった。

玉橋としては、コインロッカーに放置しておけば、いずれ管理人が処分すると思ったのかもしれない。あるいは、あとで取りだすつもりだったが、何度も取り調べを受けているうちに、警察から二十四時間監視されている気がして、取りに行けなくなったということもありうる。

凶器の発見により、玉橋の容疑が濃くなった。

しかし急転直下、珍事が起きる。

玉橋にアリバイが見つかったのだ。

玉橋によると、事件当夜、二十時に仕事を終えたあと、車で夜のドライブに出かけたという。玉橋の唯一の趣味が夜のドライブだった。一人で海岸まで走り、海の見える駐車場に停めた。一時間ほど海を見ていた。

もう三十四歳。その海には、榎並と付き合うまえの彼氏とよく来ていた。しかし榎並と知り合い、いい感じになったので、二人を秤《はかり》にかけて榎並を選んだ。その人は、玉橋と別れたあとに別の女性と結婚して、幸せに暮らしている。その人と結婚していたら、という思いが募《つの》る。借金もせず、風俗店で働くこともなかった。そんなことを思いながら、海を見つつ涙を流していたと、玉橋は以前から供述していた。しかし何の証拠もなく、アリバイとしては認められなかった。

だが突然、思い出したと言った。

その帰り道、赤信号で車を止めていたら、前の横断歩道をロケ中のテレビクルーが通ったという。テレビをあまり見ない玉橋は、出演していた二人の老齢の芸能人を知らなかった。そのため気にとめず、忘れていたのだが、もしかしたらあのカメラに自分が映っていたかもしれないと言いだした。

調べてみると、確かにその日、BSテレビで旅番組のロケをしていた。路線バスで旅をするという企画で、最終バスに乗り遅れてしまい、夜中に歩いて目的地まで行く羽目になった。玉橋が見かけたのは、そのときだったようだ。

制作会社に問い合わせて、録画データを確認すると、偶然だが、赤信号で止まっている玉橋の車と、運転席に座る玉橋本人が映り込んでいた。同時刻にそこにいた玉橋には、二十一時から二十三時の死亡推定時刻に榎並宅にいることはできないと分かり、不在証明が成立した。

容疑者は清水と芳根に絞られた。

しかし問題は、玉橋が犯人でないなら、なぜ玉橋が犯人であるかのような状況で凶器が発見されたのか、だ。

可能性の一つは、真犯人が玉橋に容疑を向けさせるように仕向けたということだ。だとしたら、真犯人は現在疑われている清水か芳根のどちらかである可能性が高い。自身も疑われている身だから、なんとかして玉橋に罪を着せて、自分は安全圏に逃れようとしたと考えられる。

ただ、なぜ清水と芳根が玉橋を知っていたのかは謎《なぞ》だった。

二人とも玉橋のことは知らないと答えている。

それは嘘で、榎並を通して知っていたとしてもおかしくはないが、しかし玉橋の勤める病院まで調べて、クリーニング店の薄紙を入手して、さらに玉橋の乗りかえ駅のコインロッカーに放置する（管理人が通報することを見込んで）というのは、素人にしては手が込みすぎている。

いずれにせよ、玉橋が外れた今、清水と芳根に対する追及はいっそう増した。

武部はぼやいた。

「もう一ヵ月になるのか。いつまで続くんだろうな、これ」

森野と二人、あいかわらず鎖の輪と格闘していた。このチェーンを使った商品の購入者リストの作成に追われている。

クレジットカードの購入者記録は押さえている。現金で買った場合は名前までは分からないが、販売店はどこも構えのある宝石店なので、防犯カメラが設置されている。レジの記録に、客が買った商品名とその時刻の記載があるので、現金で購入した場合でも、あとで防犯カメラの映像と突き合わせれば照合できる。そのカメラの映像は、データが残っている半年分は押さえた。

今のところ、購入者リストに、玉橋、清水、芳根、榎並の名前は出てきていない。女性三人が別の誰かからプレゼントされた可能性もあるので、彼女たちにこの商品をプレゼントしそうな人物の洗い出しもおこなっている。

問題は、榎並が彼女たちにプレゼントした場合だ。

榎並はアメリカ育ちで、両親は今もアメリカに住んでいる。正確には、ペンシルバニア州ピッツバーグ。年に数回はアメリカに帰っていたというから、榎並がアメリカの宝石店で購入した可能性もある。

アメリカの販売店に購入者記録が残っていれば、榎並がその商品を購入した時期から、プレゼントした相手を推定できる。たとえばそれが一年前なら、玉橋とは別れていて、芳根とは出会っていない。したがって清水と推定される。

ピッツバーグ周辺の宝石店を調べて、ＶＦＶの商品が販売されていた店を特定する作業を進めている。それらは大卒の森野が英語力を生かして、インターネットで調べている。

武部は、そのチェーンが使われていた商品をもっと絞り込めないか模索中だった。

いずれにせよ、現場に残された数少ない遺留品の一つである。このチェーンが犯人特定につながるのかは分からないが、たとえ可能性が〇・一パーセントでも、徹底的に調べるのが、武部と森野に与えられた使命だ。

「もうこんな時間だ。今日は終わろう、森野」

「あと少しだけ」

森野はパソコンに向かって作業を続けている。返事に力がなく、目の下に隈《くま》ができていた。

連日、深夜まで仕事に追われている。

チェーンの調査は、武部と森野に専任されている。アメリカの販売店、それからネット通販や中古品まで広げて購入者リストを作成しているため、煩雑な手続きもあって、地味で手間のかかる作業が多い。

刑事課フロアに二人だけ。武部と森野は、捜査の本流から外されていた。

森野の嘔吐事件が響いていた。

死体を見て嘔吐するという前代未聞の失態。捜査一課の刑事たちの笑いものになった。警察組織は力社会だ。仲間に下に見られたら終わりなのだ。

武部のほうは厄介払いに近い。高卒の叩きあげ。独断専行で動くことが多く、上層部と衝突しかねないと、須崎が判断したのだろう。問題児の武部と嘲笑《ちょうしょう》された森野に、チェーンの調査を押しつけ、窓際《まどぎわ》に追いやっている。

もちろんチェーンの調査が軽視されているわけではない。現場に残された数少ない遺留品である。優先度は高い。そこで実績のある武部にまかせ、そこに森野をくっつけ、二人を捜査一課の刑事たちと接点がないようにする。須崎なりの処世術で、それに関して武部に異存があるわけではない。

森野は、鬼気迫るくらいに仕事に打ち込んでいる。森野なりに名誉挽回《ばんかい》をはかる気持ちがあるのかもしれない。雰囲気は受験ノイローゼに近い。

しかし次の人事で、左遷がすでに決まっている。本人はまだ知らされていないが、他の署の生活安全課に回されると須崎から聞いた。

嘔吐事件を受け、森野には刑事課の仕事は無理だと、上が判断したようだ。武部には森野を残してやりたい気持ちと、やはり死体を見て嘔吐するような人間には無理だろうという思いが両方ある。

切りのいいところまで続け、森野はパソコンの電源を落とした。

武部の携帯が鳴った。ディスプレイに「須崎」の文字。

電話に出た。「はい、武部です」

「俺だ。おまえ、今どこにいる？　家か？」

「いえ、まだ署にいます。森野と一緒です」

「こんな時間まで仕事してたのか？」

「今日中に片づけておきたい仕事があったので。それで、なんですか？」

「さっき連絡があって、清水麻帆が病院に搬送された」

「病院に？　なぜ？」

「交通事故だ。それも、ひき逃げ。容態は不明だが、重体ということだ。とりあえず森野と二人で、清水が搬送された病院に行ってくれないか？」

「分かりました」

「病院名を言うから、メモしてくれ」

メモを取って、電話を切った。

隣にいる森野が、不安げな顔で武部を見ていた。

「森野。清水が病院に搬送されたらしい。ひき逃げだそうだ」

森野がびくっと肩を震わせた。

「ひき逃げ、ですか」

「とりあえず俺たちは容態を確認しに病院に行く」

「は、はい」


ICUのベッドの上。清水は昏睡《こんすい》状態で眠っていた。

頭部を強く打ち、脳挫傷《のうざしょう》。複数箇所に骨折がある。意識が回復するかは医師にも分からないという。

事故にあった場所は、自宅マンション前の直線道路だ。車道と歩道が分かれておらず、車が通るときは通行人が端に寄らなければならない狭い道だった。

清水は会社の創立記念パーティーがあり、同僚との二次会のあとで、かなり飲酒していた。電車で帰宅し、自宅マンションまで数十メートルのところで、ひき逃げにあった。交通課の話では、清水が負ったダメージや現場の状況から、四十キロ以上のスピードで背後からはねられたという話だ。道路にブレーキ痕《こん》はなく、そのまま走り去ったと考えられている。

事故にあったのは、清水が電車を下りた時刻から、歩いて自宅まで帰る時間を足して、およそ二十三時ごろ。倒れていた清水が、その道を通りかかった車の運転手に発見されたのが二十三時二十分。その道路は深夜になると、人通りがなくなる。二十分ほど放置されていたことになる。

しかし、これにより事件は動きだす。

清水が事故にあい、地方から駆けつけてきた両親に、捜査員がある質問を投げかけた。

「麻帆さんは、VFVのネックレスを持っていませんでしたか?」

両親は、この質問が娘の殺人の立証につながるとは思わなかったのだろう。

「分かりませんけど、部屋を探してみます」

捜査員をともなって、清水の部屋に入った。すると机の引き出しから、VFVのネックレスが見つかった。しかもチェーンが切れていた。

ペンダント部分に汚れがあり、鑑識で調べてみると、榎並と同じDNA型の血液が検出された。

おそらく清水は、榎並殺害の際にこのネックレスをつけていて、榎並ともみあいになってチェーンが切れたのだろう。そこに榎並の血液が飛んで、付着した。清水は落ちたネックレスを拾ったが、ちぎれたチェーンの部分、一片の鎖の輪は見逃した。そして自宅に帰り、引き出しにしまった。

これにより榎並殺害犯は、清水麻帆に断定された。意識不明の重体なので、逮捕はまだできないが、捜査本部は解散となった。

なお、ひき逃げのほうは、まだ犯人逮捕にいたっていない。現在、清水をひいた際にわずかにはがれた車体の塗装から、車種の割り出しを進めている。

ネックレスの調査もこれで終了。少しは役に立った形だ。ネックレスは十字架のペンダントのもので、値段は四万五千円、半年前から販売されていたものだと分かった。だが、誰がどこで買ったものかは判明しなかった。


ひき逃げから一週間が過ぎた。清水はいまだに意識不明である。

「腑《ふ》に落ちねえなあ」武部はぼやいた。

胸騒ぎがおさまらない。清水の自宅から物証が出てきて、捜査が終了した今でも、あの事件が頭から離れない。

「なにがですか？」隣にいる森野が言う。

「あの事件だよ。例の榎並殺し。なんかすっきりしねえ」

清水本人に話を聞けないため、事件の全容は分からないままだ。

「清水が犯人だとしたら、清水は玉橋を知っていて、玉橋に罪を着せるために凶器をコインロッカーにしかけたことになる」

「ええ、そうですが」

「だが、清水はなぜ玉橋を知っていたんだ?」

「榎並を通して、じゃないですか」

「しかし榎並にとって玉橋は、金を貢がせて借金を背負わせた相手だぞ。そんな女のことをなぜ清水に話すんだ?」

「榎並が進んで話したとはかぎりませんよ。偶然知ったのかもしれないし」

「だとしても、なぜ玉橋が容疑者として挙がっていることを知っていたんだ? 確かに玉橋、清水、芳根の三人が容疑者として挙がっていた。しかし榎並の女性関係は他にもあった。アリバイがあるなどの理由で消去していって、三人が残ったんだ。だが、誰が容疑者として挙がっているかという捜査情報を、取調官が清水にもらすはずがない。なぜ清水は玉橋が容疑者の一人として挙がっていることを、言いかえればアリバイがないことを知っていたんだ?」

「…………」

「いや、最大の疑問は、なぜ玉橋に罪を着せようとしたのか、だ。凶器を用いて自分以外の容疑者に罪を着せることを考えていたとしても、清水の立場からすれば、芳根に罪を着せるほうが自然じゃないか。なぜなら清水が榎並と別れる直接的な原因となったのが、芳根だったからだ。榎並の部屋で芳根と鉢合わせになって、取っ組み合いの喧嘩までしている。芳根のことは知っていたのだから、たとえば芳根の大学内のコインロッカーに凶器を放置する、といった方法でよかった。なぜ罪を着せた相手が芳根ではなく、まったく接点のない玉橋だったのか」

榎並が玉橋と交際していた時期と、清水と交際していた時期は重なっていない。二人のあいだに接点はない。

「引っかかるのは、もう一点だ。これは論理的な疑問というより印象だが、清水は直情型の人間だ。恋人の部屋で浮気相手と鉢合わせになって、その相手に殴りかかる。これは清水らしい。あるいはカッとなって灰皿で殴りつけるというのも、清水がやったとしても不思議ではない。しかし玉橋の勤務先を調べ、そこの出入り業者であるクリーニング店で使用されている薄紙を入手し、玉橋の乗りかえ駅のコインロッカーに、いずれ管理人が警察に通報することを見越して、凶器を放置する。直情型の清水がこんな手の込んだことをするだろうか。こっちは清水らしくない」

どちらが本当の清水なのか。人工中絶させられるなど、榎並に対する恨みは深かったとは思うが。

「パズルのピースがぴたっとはまらねえんだよな」

犯人が逮捕されたとしても、すべての疑問が解消されるわけではない。しかし刑事として引っかかったことは、徹底的に追及するのが武部の信条だった。そうやってこれまで結果を出してきた。

「ここんとこ、たいした事件もないし、俺だけでもフリーでやらせてもらえるように課長に頼んでみるか」

この事件では、武部は窓際に追いやられていた。ネックレスに専任で、捜査資料さえしっかり読み込んでいない。

あらためて捜査過程を一から検証してみるか、と思った。

しかし、その追加捜査を森野と一緒にやることはできない。森野は別の署への転属が決まっている。ここにいられるのは明後日《あさって》まで。

「まあいい。今日は帰ろう。どうだ、森野。帰りに一緒にメシでも食わないか」

森野ともお別れだ。武部としては指導をまかされた身として、育ててやれなかったという負い目もあった。

「あ、いや、今日はちょっと」

「なんだ、先約でもあるのか……。あ、彼女か？」

森野に彼女がいることを思い出した。

「えっ」

森野はあっけに取られた顔をしている。

「なんで知っているのかって顔だな。たまたま見たんだよ。駅前のレストランで、おまえが彼女と待ち合わせているのを」

「そうだったんですか」

「きれいな子だったな。いつから付き合っているんだ？」

「えっと、半年前です」

「名前はなんていうんだ？」

「名前？」

「ああ、名前だよ」

「ええと、……小池《こいけ》、えり子《こ》です」

「仕事はなにしてるんだ？」

「普通のＯＬです」

「そうか。彼女との先約があるなら、しょうがねえな。じゃあ、俺は一人寂《さび》しく帰るとするかな」

「あ、はい。お疲れさまでした」

警察署を出て、なじみの料理屋に入った。

カウンター席に座り、いつものメニューを頼んだ。食事しながらも、頭の中は事件のことでいっぱいだった。

この事件にはまだ、なにかある。それを引っぱり出す。捜査一課の鼻を明かしてやるという気負いもあった。

いつもは事件が解決して、自分なりに納得がいくと、すっと忘れてしまう。しかし今回の事件はずっともやもやが続いていた。清水が意識不明のまま供述できていないこともあるが、ピースがうまくはまらない、いや、まだピースが出そろっていない、そんな印象を持っている。

この一ヵ月の捜査過程を思い出した。

榎並の死体。この事件で最初に現場入りしたのは武部だった。森野の嘔吐という珍プレーもあった。遺留品の鎖の輪。浮上した三人の容疑者。凶器の発見。玉橋の思わぬアリバイ。そして清水のひき逃げ事故と、ネックレスの発見。

疑問点をピックアップし、追加捜査の方針を立てる。

「ごちそうさん」

武部は食事を終えて、店を出た。

歩いて、駅に向かった。

夜風が冷たい。電車に乗り、自宅アパートに帰る。

離婚してから、ずっと一人暮らしだ。あえて大学生向けのワンルームを借りた。家賃六万円。狭いが、それくらいがちょうどいい。掃除が楽だし、休日はごろごろするだけだから、部屋の狭さは気にならない。

電車を下り、駅を出た。鼻唄《はなうた》を歌いながら歩いた。

二階建ての自宅アパートが見えた。頭を空っぽにして歩いた。

アパートの入り口まで来たところで、
突然、背中に何かがぶつかってきた。

次の瞬間、腰の左側に、衝撃をともなう強い痛みがきた。

「うっ」

武部はうめいた。手足から力が抜けた。

腰の左側に何かが刺さっている。ナイフ？

背中に誰かがひっついていて、その人物の息づかいが聞こえる。だが激痛のせいで耳が狂って、男か女かさえ分からない。

痛みのせいで、思考がかき乱される。

「だ、誰だ？」

背後の影は何も言わない。

とっさに思ったのは、これまで武部が手錠にかけてきた犯罪者たちだ。しかし具体的に誰となると、思い浮かばない。

ナイフが引き抜かれた。

ふたたび激痛が走るとともに、気が遠くなった。武部は地面にひざをつき、前のめりに倒れた。

刺されたのは分かった。その箇所から強烈な痛みが飛びちり、身体が麻痺《まひ》したみたいに動かない。

視界が暗くなってくる。左手をどうにか動かして、刺された箇所に触れてみる。生温かく、粘度の高い液体が手に触れる。血があふれて止まらない。まるで温泉が湧《わ》きでるみたいに、ボゴボゴと血液があふれ出ている。

「誰か……」

声を絞りだしたが、かすれて消えた。

犯人が近くに立っている。少し離れた場所で、闇《やみ》にまぎれている。

まるで殺虫剤をかけられたゴキブリが、ひっくり返って痙攣《けいれん》しながら死んでいくのを眺めているみたいに、犯人は武部を見下ろしている。

だが、その顔は見えない。

痛みが徐々に薄れていくように感じた。同時に視界も消えていく。

気を強く保とうと試みるが、それ以上に闇に引っぱり込む力が強い。睡眠薬を飲んだときの感覚に似ている。眠りにひきずり込まれていく。

なぜ、俺が……。

意識がぼんやりしてきた。なぜか別れた妻と息子の顔が浮かんで――

2

武部は目を開けると、硬い椅子《いす》に座らされている。

椅子の背もたれに沿ってぴんと背筋を伸ばし、ひざの上に手を置いている。まるで判決を待つ刑事被告人みたいだ。

真っ白な部屋だった。

天井、壁、床、すべて白い。それらの境目が分かりづらいため、白が無限に広がっているように感じる。部屋は優しい明るさで包まれているが、どこにも照明器具が見当たらない。壁や天井自体が自然発光しているのかと思った。

無音、無臭。清涼感のある空気が心地よい。病院の無菌室のようで、ざらつくものが一つもない。

なぜか身体が軽かった。最近つきまとっている腰の重さや疲れ目が消えている。目覚めのよい朝みたいだ。

どこか、この世のものではないという感じが強くあった。時間や重力といった感覚がなく、空気もない、まるで宇宙空間のよう。

目の前に少女がいる。

革張りの回転椅子に座り、デスクに向かって何かを書き込んでいる。武部に背を向けているので、顔は見えない。

黒髪のショートカット。髪の毛一本一本に命が吹き込まれているみたいに艶《つや》があり、少女が軽く頭を動かすたびに、さらりとなびく。うなじは透き通るようで、なで肩が柔らかい曲線を描いている。

「あと六人か。だいぶ時間が押してるな。さっさと片づけないと」

少女はつぶやき、書きあがった紙に力強くスタンプを押した。その紙を「済」と書かれたファイルボックスに放った。

回転椅子を回して、武部に振り向く。

ドキリとする、美しい少女だった。あどけなさが残る黒目がちな目。しかし目つきは鋭く、とがった鼻と合わせて、女外科医《げかい》のような怜悧《れいり》な知性を感じさせた。ふくらみのある唇に、赤のルージュ。左耳にハート形イヤリング。

淡いブルーの花柄ワンピースに、白のニットカーディガンをはおっている。スカートの丈《たけ》が短く、そこから伸びる生足がなまめかしい。その先のコンバースのスニーカーには、どこか子供っぽさを残している。

年は中高生くらい。幼《おさな》さと成熟が一つの顔と身体に同居していて、神秘的な雰囲気を醸《かも》し出《だ》していた。

なにより目を引くのは、少女が背中にかけている真っ赤なマントだった。華奢《きゃしゃ》な身体にはあまりに大きく、毛布をかぶっているように見える。毒々しい赤色は、否応《いやおう》なく生き血を連想させる。コスプレにしても理解不能なセンスだ。

少女の容姿に圧倒されて、武部は少し気後れした。

少女は武部に目をやり、足を組んだ。

「閻魔堂《えんまどう》へようこそ。武部建二さんですね」

「ああ、そうだが」

少女はタブレット型パソコンを手に持ち、タッチパネルを指で操作した。

「あなたは父・武部高義《たかよし》、母・美佐子《みさこ》の次男として生まれた。ずっと野球をやっていた。体罰礼賛コーチのもと、ゲンコツ、ビンタ、ケツバットなんでもありの暴力的指導を受けた。真夏に熱中症になりながら、水を一滴も飲まず、地獄の坂道ダッシュを何十回もやらされて、死にかかったこともある。暴力をふるうばかりで、技術論はゼロのへボコーチだったため、野球はうまくならなかったが、根性と肉体は鍛《きた》えられた。しかし基礎も身についていないため、高校野球では芽が出ずに終わった」

「ああ、公式戦は代打で二回出ただけだ」

「高校卒業後、警察に入った。不条理な仕打ちには慣れているし、体育会系の上下関係はお手のもの。暴力に屈しないメンタリティもある。殺伐《さつばつ》とした警察組織において、高卒ながら実績を積み、刑事課に配属された。時にマニュアルを無視する違法な捜査で、上層部をひやりとさせるが、迷宮入りしかけた事件を腕ずくで解決するなど、一目置かれてもいる。ついたあだ名が狂犬」

「若いころにそう呼ばれてたな。これでも丸くなったほうだ」

「ただし、あまりにも荒っぽいため、管理職は無理と判断され、所轄の刑事課に据え置かれている。武部さん自身も出世に興味がないため、鷹揚《おうよう》な須崎課長のもと、自由に捜査ができる今の環境に不満はない」

「ああ、異存はない」

「結婚し、息子が一人いる。三年前に離婚。原因はDV。特に息子に対する暴力」

「暴力っていうが、あれくらい……」

「そう、あなたは体罰を日常的に受けていたので、たいしたことだとは思っていません。しかし嫁や息子、世間一般の基準からすれば、それは暴力以外の何物でもありません。なにかを一日サボっただけで、ビンタかゲンコツ。父に脅《おび》える息子を見て、この父親と一緒に暮らすことは息子にとってよくないと考え、嫁は家を出た。あなたはすんなり離婚を受け入れた」

「……………」

「とまあ、よくも悪くも、エゴイスティックな生き方しかできない武部建二さんでよろしいですね」

「まあ、反論はしないが。で、おまえは誰だ?」

「私は沙羅《さら》です。さんずいに少ない。羅生門《らしょうもん》の羅で、沙羅」

「沙羅ね。上の名前は?」

「姓はありません。あえて言えば、閻魔です。閻魔沙羅ではなく、閻魔家の沙羅というのが正しい呼称です」

「ふうん……。ん、エンマって、あの地獄の閻魔大王か?」

「そうです。私は閻魔大王の娘です」

「本当か? っていうか、本当にいるのか。宗教上のフィクションかと思ってた」

「フィクションではありません。閻魔大王は人間の空想上のものではなく、実際に存在するもう一つの現実なのです——」

沙羅による解説が続いた。

ここは閻魔堂といって、霊界の入り口にあたる。

人間は死ぬと、肉体と魂が切り離され、魂のみ霊界にやってくる。ここで生前の行いを審査され、善行がまさっていれば天国行き、悪行がまさっていれば地獄行き、ということにおおむねなるが、絶対ではない。たとえ善人でも閻魔大王に嫌われれば地獄行きだし、悪人でも閻魔大王に好かれれば天国行き。

すべては閻魔大王の裁量一つだという。

本来なら、ここには沙羅の父、閻魔大王がいる。しかし今日は健康診断に行っているため、お休み。娘の沙羅が代理を務めている。ただし代理とはいえ、父と同じ権限を与えられている。

武部は自分が置かれている状況を瞬時に理解した。

要するに、閻魔大王は実在する。基本的には、人間界で理解されているものと同じシステムだと考えていい。

この状況なら信じるしかない。

というのも、沙羅の話を聞いている途中で気づいたのだが、身体が動かない。首から上は少し動く。首は百八十度の範囲なら回せるし、声も出る。しかし首から下はぴくりともしない。手足の感覚もない。

そして沙羅。見れば見るほど、地球上の生き物に見えない。

まるでボッティチェリの「ヴィーナスの誕生」だ。奇跡としか言いようがない完璧《かんぺき》な造形美である。

それに、なぜ武部のプライベート情報まで詳しく知っているのか。おそらく手に持っているタブレット型パソコンは、いわば電子版閻魔帳で、そこに武部の生前の行いがデータ化されているのだろう。

「つまり、俺は死んだってことか？」

「理解が早くて助かります」

「で、肉体は地上に残し、魂のみの姿でここに送られてきたってわけだ。そしてこれから審判を受ける」

「はい。肉体はヤドカリにとっての貝殻みたいなもので、霊界には持ってこられないんです」

俺は地獄行きかな、と武部は思った。しかし、なぜここに来ることになったのかが思い出せない。

「でも、俺はなぜ死んだんだ？」

「刺殺です」

「は？」

「帰宅途中、自宅アパートの前で、背後から刺されて」

「……あっ」

思い出した。突然、背後から刺された。武部は殺されたのだった。

すべてを思い出し、理解するのに少し時間がかかった。

怒りが腹の底からわきあがってくる。

「誰だ？　俺は誰に殺《や》られた？」

「大声を出さないでください」

「ふざけんじゃねえ。どこのどいつだ、俺を殺したのは？」

「うるさいな。話が進まないでしょ」

「なんだと。これが静かにしてられるか、この野郎」

「しょうがない。一発食らわせよう」

その瞬間、突然、激痛が駆けめぐった。

頭のてっぺんから肛門《こうもん》までを突き抜ける、とてつもない痛みだった。意識が飛び、口から舌が飛び出るほど悶《もだ》えた。

「て、てめえ、なにしやがった？」

「黙りなさい」

「黙っていられるか。ふざけんじゃねえぞ」

「じゃあ、もう一発」

「ぐわぁ」

ふたたび、痛みが駆けめぐる。これまで受けたどんな暴力よりひどかった。小便をちびりそうなほどだ。

痛みの由来が分からない。沙羅が何かのボタンを押した気配はない。痛みの質は電気ショックに近いが、それともちがう気がした。

不思議なのは、痛みが尾を引かないことだ。激痛が一気に駆けめぐるが、突然、無になる。余韻がない。

「なんなんだ、これは」

「通称、閻魔の雷光。あなたみたいな物分かりの悪い人間に、おしおきするための閻魔の能力の一つ」

理解不能だ。超能力の一種と考えるしかない。

「もう一発食らう？」と沙羅は言った。

「いや、もう充分。分かった。大人しくする。でも、教えてくれないか？　俺は誰に殺されたんだ？」

「教えられません」

「なぜ？」

「霊界のルールで、当人が生前知らなかったことは教えてはいけない決まりなんです。以後、質問は受けつけないので、あしからず」

沙羅はタブレットに目を落とした。

「はてはて、天国か地獄か。刑事としての功績はなかなかのものですね。命を張って被害者を守る姿勢に、感謝している市民も多い」

「そうだろ、へへっ」

「しかし、無茶もする。容疑者を殴る脅すは日常茶飯事」

「きれいごとばかり言ってられないんだよ。でも、誰でも殴るわけじゃねえ。相手はちゃんと見てる。殴るのは悪党だけだ」

「いや、殴ってますよ。しつけという名目で息子を」

「ただのゲンコツだろ」

「立派な暴力です。あなたの拳《こぶし》は、トンカチくらい硬いですから」

「俺が子供のころはあれくらい普通だったぞ。正座させられて、竹刀でぶっ叩かれたこともあるし」

「昔は昔、今は今。あなたの子供のころは知りません。あなたの息子は父親を怖れています。あなたのせいでいつも脅えていて、暴力に逆らえない体質になりました。学校でもいじめられています。あなたに虐待された日々が、トラウマとして残って、今も心をむしばみ続けています」

「虐待？　トラウマ？　嘘だろ」

「虐待です。やられたほうがどう感じるかが問題なのです」

「なあ、息子は今どうしてる？」

「教えられません。あなたが生前知らなかったことは、教えられないと言ったでしょ」

「いや、だったら謝りたいなと思って」

「死人には無用なことです」

沙羅は足を組みなおし、髪をかきあげる。

「んー、微妙だなあ。功績も多いけど、罪科も多い。息子もそうだけど、嫁を殴ったのも一度や二度じゃないし」

確かに妻に手を上げたことはあった。一時期、仕事のストレスでいらいらして、暴力をふるった。息子が夜泣きして眠れず、怒鳴《どな》ったことも。それが夫婦のしこりとして残り、のちの離婚の一因となった。

「刑事としての功績も、それを帳消しにする失態を一つやらかしているし――」

「ん?」

「あっ」沙羅は口がすべったみたいに、口に手を当てた。

「なんだよ、失態って?」

「ええと、どうするかな。天国行きでいいか。でも最近は霊界でも、DVには重罪を科すっていう方針だし、やっぱり地獄に落としておくか」

「話をそらすなよ。この際、地獄行きでもかまわねえよ。確かに妻子には悪いことをしたし、日ごろの行いだって立派なものじゃなかった。でも、刑事としての仕事に関しては、なんら恥じるところはなかったつもりだ」

「じゃあ、地獄行きで」

「待てって。そのまえに刑事としての失態ってなんだよ。功績がすべてチャラになるほどの失態だろ。かなりのことだろ」

これまでの功績がチャラになるほどの失態とはなにか？

「もしかして、冤罪《えんざい》か？」

沙羅は口をつぐんだまま、タブレットの画面を見つめている。

「おい、冤罪なのか。そんなわけねえよ。俺が関わった事件で、冤罪なんてありえねえ。何の事件だ？」

「それは言えません」

「待ってくれ、沙羅。冤罪だけはありえねえ。刑事としての誇りにかけて、犯人に手錠をかけるときは絶対の確信を持って、そうしてきたんだ」

しかし冤罪なら、自覚がなくても無理はない。これまで武部が捕まえてきた犯人の中に無実の者がいたのか？

沙羅は、こめかみを指でかいていた。沙羅の表情からは、どのような感情も読み取れなかった。

「なあ、沙羅。俺を生き返らせてくれ」

「は？」

「頼む。俺を生き返らせてくれ」

「嫌です」

「なんでだよ。閻魔大王の娘だろ。できないことはないだろ」

「まあ、できなくはないですけど。ちなみに生き返って、どうするんですか？」

「自分が過去に関わった事件をすべて調べなおす。無実の人間を逮捕することだけは絶対にあっちゃいけない。このままじゃ死んでも死にきれない」

「もう死んでますけど」

「っていうか、俺はなんで殺されたんだよ。犯人は誰だ？」

沙羅はアヒル口をとがらせて、沈黙した。

その沈黙は、氷のように冷たかった。沙羅は何かをひらめいたように、右手のグーで左手のパーをぽんと叩いた。

「じゃあ、こうしましょう。先ほども言った通り、あなたが生前知らなかったことを、私が教えるわけにはいきません。でも、あなた自身が推理して、答えにたどり着くぶんにはかまわない。あなたが誰になぜ殺されたのか、自力で推理して正解を導きだせたら、生き返らせてあげましょう」

「ちょっと待ってくれ。俺にとっては青天《せいてん》の霹靂《へきれき》で、なぜ殺されたのか、さっぱり見当もつかないんだが」

「大丈夫です。今あなたの頭の中にある情報だけで正解を導きだせます」

「そうなのか」

「じゃないと、アンフェアですから。名づけて、死者復活・謎解《なぞと》き推理ゲーム。どうしますか、やりますか？」

「やらないって言ったら？」

「地獄行きです」

「じゃあ、やるしかねえじゃねえか」

「私、これから予定あるの。この仕事が終わったら、母とミュージカルを見に行く予定なんです。すでに時間押しぎみなので、あなたに与えられる時間は十分だけです。正解できたら生還。できなかったら地獄行き」

「でもよ、本当に今ある情報だけで正解できるんだろうな？」

「閻魔は嘘をつきません」

「そしたら生還できるんだな」

「閻魔に二言はありません」

「今、俺の頭の中にある情報を論理的に組みたてて、点と点を正しく線で結べば、俺が誰になぜ殺されたのか、ちゃんと説明できるということだな？」

「くどいですね。そうだと言ってるでしょ」

「分かった。なら、やるまでだ。推理には自信があるよ。それで飯を食ってきたんだからな」

沙羅は左手の腕時計を見た。カルティエだった。

「スタート」

沙羅は席を立ち、部屋の隅《すみ》にある小型冷蔵庫を開けた。ラムネの瓶《びん》を取りだし、ビー玉を中に落としてラッパ飲みした。それから席に戻り、ゴディバのチョコの箱を開けて、一粒食べた。ミュージカルのパンフレットを読みはじめる。

武部のことはもはや気にとめていない。

さすがは閻魔の娘。神秘的だ。人間的でもなく、動物的でもない。赤い血が流れているのだろうか。そもそも心臓はあるのか。

これまで会ったどんな人間ともちがっている。たとえるなら、星のように近くにあるように見えて、実は何万光年も遠くにあるような、そんな存在だ。完璧に自由で、何にもとらわれていない。

夢を見ているみたいだ。夢なら覚めてほしい。

でも、この実在感は夢ではありえない。夢だとしたらリアルすぎる。ここは死後の世界で、もう一つの現実だと考えるしかない。

思いがけず与えられた復活のチャンスだ。突然、謎解き推理ゲームがはじまるという展開に、頭の理解が追いついていかないが、とにかくやるしかない。

推理に集中する。

誰に、なぜ殺されたのか？

刑事なので、推理力は鍛えている。今回は自分が被害者だというだけで、いつもやっていることをやるだけだ。

しかし見当もつかない。ファーストインプレッションでは何も出てこない。

捜査の定石、動機から考えてみる。

沙羅の言う通り、いま頭の中にある情報だけで正解にたどり着けるのだとしたら、それ自体が重大なヒントだ。逆に言えば、犯人は武部が知っている人間だということだ。流しの強盗や通り魔ではない。

「犯人は、俺を殺す動機を持っている者。すなわち俺に恨みがあるか、あるいは俺が死んで得をする者」

前者は山ほど思い浮かぶ。これまで武部が捕まえてきた犯罪者たちだ。出所している者も少なくない。最近でいえば、井ノ原がそうだ。

しかし井ノ原はない。刑事殺しは、よくて無期懲役、一生刑務所暮らしをする覚悟が必要だ。井ノ原クラスの小悪党に、そんな覚悟があるとは思えない。

後者はまったく思い浮かばない。たとえば元妻は、武部が死んでも、養育費を払ってくれる人がいなくなるだけだ。息子には遺産が相続されるが、遺産というほどのものがあるわけでもない。

あてもなく考えても仕方ない。

沙羅によれば、いま頭の中にある情報だけで正解が出せるということだから、そんな遠い昔のことではない気がする。

ごく最近の出来事に絞ってみる。

ここ一ヵ月に関していえば、武部は榎並殺しの捜査本部に入っていた。特にネックレスの調査にかかりきりだった。事件は、いちおう清水が犯人と断定された。しかし武部なりに疑問があって、追加捜査しようかと思っていたところだ。

「二分経過、残り八分です」

「もう二分経ったか。早いな」

この部屋にいると、時間の感覚が分からなくなる。地上の世界とは、時間の流れ方もちがう気がした。

ふと思った。沙羅がいう冤罪とは、この事件のことか。

沙羅によれば、武部は冤罪事件を起こしているという。しかしそう言われても、これまで関わったどの事件を指しているのか、見当もつかない。

武部は、犯人に手錠をかけるときは、絶対の確信を持ってそうしてきた。時には強引な方法で、容疑者を自白させることはあった。しかし自白には必ず物証を取るか、秘密の暴露（犯人しか知りえない情報を話させること）を取ってきた。たとえ自白があっても、裏づけのない自白は信用しなかった。

唯一の例外が、この榎並殺し。

この事件にはまだ疑問が残っていて、だから自分なりに確信が持てるところまで、単独でも追加捜査しようと思っていたのだ。

「なあ、沙羅」

沙羅は耳にイヤホンをして、音楽を聴いていた。

「おーい、沙羅ちゃーん」

武部の大声に気づき、沙羅は嫌な顔をしながらイヤホンを外した。

「なんです？」

「冤罪事件って、榎並殺しのことか？」

「教えられません」

「それだけでいいから教えてくれよ」

「すでに情報は出そろっています。追加情報は必要ありません」

血も涙もない。本当に血も流れていないし、涙も流さないのかもしれない。

どうせ教えてくれないだろうな、とは思った。それでもあえて聞いたのは、沙羅に探りを入れるためだ。刑事の長い経験で、相手の反応を見て、嘘をついているかどうかくらいは分かる。

しかし沙羅は例外だ。表情からも答え方からも、何も読み取れなかった。人間界のセオリーは通用しない。

沙羅は、ふたたびイヤホンで耳をふさいだ。

残り時間が減っていく。

どうせ死んだ身だ。ダメ元で、ヤマを張るしかない。勘でいく。刑事人生でつちかった自分の嗅覚《きゅうかく》を信じる。

一番匂いの強いものに狙《ねら》いを定める。

沙羅がいう冤罪事件は、榎並殺しのことではないか。つまり武部が思っていた通り、この事件はまだ解決していないのだ。そして、もしかしたら武部が殺される原因も、この一ヵ月の出来事の中にあったのではないか。

当該事件において、武部に与えられた任務は、ＶＦＶのネックレスの販売店を調べ、購入者リストを作成するという地味なものだった。容疑者として挙がった三人の女性とは会ってもいない。写真で見ただけだ。

捜査会議には出席していたので、進捗《しんちょく》状況は把握していた。しかし主導権は本庁の捜査一課にあり、武部は一歩引いていた。

この一ヵ月の出来事の中に、自分が殺される原因があったと考えたらどうか。

ただ、そのことに自分で気づいていないだけ。

言いかえれば、いま頭の中にある情報を正しく組み立てられていないから、意味が分からないだけ。パズルのピースは出そろっている。それを正しくはめ込んでいけば、一枚の絵が浮かびあがる。

そこに自分が殺される原因があったと考えてみる。

たぶん、ちょっとした気づきなのだ。その気づきを起点に推理を進めていけば、自動的に答えにたどり着けるはず。

「四分経過、残り六分です」沙羅が無情に時を告げる。

まだ推理らしい推理はしていない。ヤマを張るという方針を立てるだけで、四分も使ってしまったことになる。

まずは情報を整理する。

榎並殺しは、清水を犯人として幕を下ろした。しかし武部は、この結論に違和感を覚えていた。理由は二つ。清水が犯人だとすると、清水が玉橋に罪を着せたことになるが、罪を着せる相手としては芳根のほうが自然であると思えること。第二に、直情型の清水にしては、その工作の手が込みすぎていること。

武部は、こういう違和感は大事にしている。

現時点で、清水が犯人ではないという確信があるわけではない。しかし刑事として引っかかったことは納得するまで追及するのが武部の矜持《きょうじ》だった。そこから新しい視点が出てきて、事件が覆ったことも何度かあった。

事件を頭から振りかえってみる。

死体発見後、捜査が開始された。三人の容疑者が挙がった。コインロッカーから凶器が発見され、玉橋の容疑が濃くなったが、一転してアリバイが見つかる。そして突如、清水がひき逃げにあい、自宅からネックレスが見つかって、犯人と断定された、というのが大筋の流れだ。

しかし、もし清水が犯人でないなら、逆に清水が罪を着せられたとも考えられる。だとすると、あれはひき逃げ事故ではなく、ひき逃げ事故に見せかけた殺人未遂だったという可能性も出てくる。

たとえば、こうだ。犯人は帰宅途中の清水を車でひく。そして車を停め、清水のバッグを奪って自宅の鍵を取る。すぐ近くにある清水のマンションに入り、ネックレスを机の引き出しに入れて、現場に戻る。鍵をバッグに戻し、倒れている清水のそばに置いて、あらためて逃走する。

ネックレスには榎並の血が付着していた。これが清水の自宅から出てきたら、清水が犯人だという証拠になりうる。そう思って実行した。

これだと、なぜひき逃げされた場所が自宅マンションの近くだったのかという説明がつく。清水はひかれたあと、二十分後くらいに発見されたと考えられている。それだけの時間があれば、犯行は充分に可能だ。

そもそもこのタイミングでひき逃げにあい、自宅から物証が出てくるという流れが、できすぎなのだ。

だとすると、犯人は玉橋か、芳根か。

しかし玉橋には榎並殺害に関して、完璧なアリバイがある。それにせっかくアリバイが確定して容疑者から外れたのに、ふたたび清水を殺して罪を着せるというのは、犯罪者の心理としておかしい。

一方で芳根だとすると、運転免許がないのに、清水をひくことが可能だったのか、疑問が残る。

もちろん、玉橋、清水、芳根のうちの誰かが犯人と確定したわけではない。榎並には他にも女性関係があったと聞いている。しかし武部は、ネックレスの調査にかかりきりで、詳しい捜査情報まで頭に入っているわけではない。

いま思えば、それでよかった。沙羅によれば、頭の中にある情報だけで犯人を特定できるのだ。頭の中にない情報は無視していい。

「六分経過、あと四分です」

もう時間がない。犯人の立場で考えてみる。

犯人は事件当日、二十一時から二十三時のあいだ、榎並宅にいた。そして部屋にあった灰皿を使って、榎並を殺害した。

そのとき榎並と争ったのか、犯人がつけていたネックレスのチェーンが切れて、床に落ちた。その際、ペンダント部分に榎並の血が付着する。犯人は凶器の灰皿と、チェーンが切れたネックレスを持って、現場を後にした。だが、チェーンの切れた部分、一片の鎖の輪には気づかず、現場に残した。

容疑者として挙がったのは、玉橋、清水、芳根。三人の中に犯人がいるとはかぎらないが、いるとすれば、自分が疑われる立場になった。

犯人は、玉橋に罪を着せるため、玉橋が病院で使用している薄紙に凶器を包んで、コインロッカーに放置した。保管期間が過ぎ、凶器は管理人の手によって取りだされ、警察に通報された。玉橋の容疑が濃くなるが、ここに来て突然、玉橋がアリバイを思い出し、容疑者から外れる。

もし玉橋が犯人だとしたら、この流れをどう説明できる？

玉橋は、凶器をコインロッカーに放置した。コインロッカーに物証を隠す、というのは犯罪者の心理としては珍しくない。

自分に容疑を向けるための自作自演だった可能性もあるが、何のためにそんなことをするのかは分からない。

凶器が発見された直後、アリバイを思い出すというのも、できすぎの感がある。しかしアリバイ自体は完璧だ。第三者のテレビクルー、しかも偶然そこでロケをしていたカメラに映り込んでいたのだ。

これがアリバイトリックなのだとしたら、どんな方法が考えられる？

分からない。いったん置いておく。

いずれにせよ、玉橋のアリバイは確定した。そして清水がひき逃げにあい、自宅から物証となるネックレスが出てきた。

もし清水が犯人でないとすると、このひき逃げは清水に罪を着せるための犯行だった可能性もある。清水が死んでくれれば、死人に口なしで、事件は解決という筋書きだ。

「いや、待てよ。おかしいぞ」

初めて気づいた。

凶器の灰皿は、榎並の自宅にあったものだから、ここから犯人の足がつくことはない。

だが、ネックレスは犯人の私物だ。清水に罪を着せるためにネックレスを使えば、かえって犯人の足がついてしまいかねない。

とすると、犯人はあのネックレスから自分の足がつくことはないと確信を持っていたことになる。

しかしなぜ、そんな確信が持てる？

あのネックレスは、やはりＶＦＶだった。現場に残された一片の鎖の輪だけでは、あのチェーンが使われていた五十種以上の商品のどれかとしか分からなかったが、ネックレスが出てきたことで一種に特定された。

ペンダントが十字架で、十字の端に小さなダイヤが四つ、十字の交差部分に大きなダイヤが一つあしらわれているものだ。販売は半年前からで、値段は四万五千円。しかしこのネックレスを清水がどこで購入したのか、誰かからプレゼントされたのかは分かっていない。クレジットカードの記録、ここ半年ほどの防犯カメラの映像は押さえているが、まだ照合はしていない。

実際、武部は追加捜査の許可を得たら、まずはネックレスの購入記録から当たってみるつもりだった。犯人が清水なら、この半年のうちに自分で買ったか、誰かからプレゼントされたはずだ。だとしたら、この半年のクレジットカードの記録か、防犯カメラの映像の中に、その購入者の記録が残っている。もちろん清水が犯人でないなら、そこに真犯人がいる可能性がある。

武部はこの一ヵ月、メーカーや販売店を回ったが、どの事件で捜査しているかについては当然、誰にも話していない。また、この事件では、現場に鎖の輪が落ちていたという細かいことまでは報道されていない。

つまり、このネックレスが犯人のものだと知っているのは犯人だけだ。

このネックレスは犯人の私物だ。清水に罪を着せる工作に使ったら、かえって自分の足がつくことになるとは思わなかったのだろうか。

単純に犯人の頭が悪く、そんなこと考えもしなかったという可能性もある。考えたが、あえてハイリスクな工作を強行しなければならないほど、心理的に追いつめられていた可能性もある。

あるいは、このネックレスから自分の足がつくことはないという確信があったのか。でもなぜ、そんな確信が持てる？

「まさか……、犯人は捜査関係者の中にいる？」

思いもよらない発想だった。

しかし刑事としての勘がありえなくはないと訴えていた。

武部はこの一ヵ月、ネックレスについて徹底的に調査し、すべてを捜査本部に報告してきた。犯人が捜査本部の中にいるとすると、武部が提出した捜査報告書を見て、これならネックレスが出ても自分の足がつくことはないと確信を持ち、清水に罪を着せる工作に用いた可能性はある。

そう考えると、説明がつくことも多い。

清水が犯人とするなら、なぜ清水は玉橋を知っていたのか。捜査関係者なら、知っていて当然だ。玉橋が勤めている病院や、そこの出入り業者であるクリーニング店の薄紙を手に入れることも容易だっただろう。

そしてなぜ罪を着せる相手が芳根ではなく、玉橋だったのか。それはあの時点で、警察がもっとも強く疑っていたのが玉橋だったからだ。だからダメ押しで、凶器を発見させて玉橋に罪を着せようとした。

捜査関係者の中に犯人か、犯人に通じている者がいるなら、これらは疑問でもなんでもなくなる。

この事件、全体的にできすぎの感があった。それもそのはず。捜査情報が筒抜けだったのなら、捜査本部をミスリードすることも難しくはなかったはずだ。ポーカーで相手の手札が見えているようなものだからだ。

本当に捜査関係者の中にいるのだろうか。捜査情報を知りうる立場にいるのは、捜査一課、所轄の刑事課、事務方まで含めれば、五十人以上いる。

もしそうなら、極秘に捜査していけば、必ず尻尾《しっぽ》をつかむことができる。しかし今はそんな時間はない。そもそも捜査の必要はない。いま頭の中にある情報だけで犯人にたどり着けるのだ。

「八分経過、あと二分です」

「待ってくれ、沙羅。もう少し時間をくれないか」

「嫌です」

「いいところまで来てるんだ。もう少し時間があれば、答えにたどり着けるんだ」

「あと二分です」

「なあ、頼むよ。この通りだ」

「このあとミュージカルがあるんです。お断りします」

にべもない。取り合ってさえもらえない。

不条理を嘆いても仕方ない。ここのルールを決めるのは沙羅だ。そのルールにのっとって戦うしかない。

あと二分。いよいよ正念場だ。

それほど立派な人間ではなかった。妻子も愛想をつかして出ていった。それでも刑事としては命がけで働いてきたつもりだ。

己のすべてをここにぶつける。

負けるものか。

しかし推理はここで止まってしまう。

榎並殺しの事件は、多少なりとも推理が進んだ。しかし肝心の武部殺しは、まったく考えが進んでいない。

誰になぜ殺されたのか。

情報は出そろっているのだ。まだ気づいていないポイントがあるのかもしれない。

捜査の基本、事件現場に戻ってみる。

最初に事件現場に駆けつけたのは、武部と森野だった。通報者は、榎並の同僚である柴田という女性。彼女が事件に関係していたという可能性はないか。

事件現場を思い出してみる。

リビングに入ると、頭の潰れた榎並の死体があった。

しかし思い出せる映像は少ない。直後に森野が嘔吐して、その対応に追われたからだ。上着を脱いで嘔吐物にかぶせ、森野に肩を貸して部屋を出た。須崎に連絡したあと、鑑識が来るまで、部屋の外で待機していた。部屋の状況はあまり見ていない。嘔吐の印象が強すぎて、記憶に残っていない。

「えっ」思わず声がもれた。

突然、ひらめきが下りてきた。刑事をやっていて、何度かあった、この核心に触れる感じ。

「嘘だろ。ってことは?」

一片の鎖の輪からはじまって、ネックレスの調査をずっと担当してきたのは武部と森野だった。

「でも、なぜ？」

犯人は捜査関係者の中にいる？　犯人には、ネックレスからは足がつかないという確信があった？　灰皿とネックレス、ひき逃げ……。

「だとしても、なぜ俺が殺されなきゃならない？」

武部が殺された、あの夜。

「はっ……、あれか」

武部は、なにげなく口にした言葉だった。

「あのときのセリフだ。あれに俺が殺される原因があったんだ」

「あと十秒です」

沙羅のカウントダウンがはじまった。

「十、九、八、七、六」

この推理でいくしかない。犯人も動機も、これで正解なはずだ。

「五、四、三、二、一、終了です」

「すべて分かったよ。榎並殺しの犯人も、俺が誰に殺されたのかも」

殺されたことに対する怒りはなかった。むしろ、こうなるまで気づかずにいた自分の愚かさに腹が立った。

「バカだな、俺は。まさに失態だよ。なんというマヌケだ。ある意味で、これは俺にしか解けない事件だったんだ。最初の時点で気づいていれば、こんなことにはならなかったのに」

3

「では、解答をどうぞ」

「ああ。だが、あくまでも推理に基づく仮説で、物証はないんだが」

「私が聞いて納得できる論拠があればいいです」

「そうか。じゃあ、はじめよう」

武部は、んん、と喉《のど》を鳴らした。

「まず榎並殺しだが、犯人は芳根美加だ。動機は、恋情のもつれ。凶器を持参していないことから、衝動的犯行と言っていい。凶器の灰皿を叩きつける際、少しもみあったのか、榎並の手が芳根のネックレスにかかって、チェーンが切れた。そしてここがポイントなのだが、芳根は気が動転していて、ネックレスが床に落ちたことには気づかなかった。灰皿だけ持って、現場を後にしたんだ。

そして通報を受けて、現場に駆けつけたのが俺と森野だった。おそらく森野は、芳根の姉と交際していたのだろう。俺がたまたま見かけた、森野と待ち合わせしていた女性、あれが芳根の姉だった。芳根美加は姉と二人暮らし。事件当夜、妹の美加は自宅にいたと姉は証言しているが、それは虚偽だと考えられる。

森野は恋人の妹、美加のことも知っていて、榎並とトラブルになっていたことも知っていたんじゃないかな。だからあの日、事件現場に駆けつけたとき、『榎並』という名前を聞いて、ピンときた。そして現場に入り、あるものを見つける。それがネックレス。そのネックレスが美加のものだということを森野は知っていた。その状況から、美加が榎並を殺害したと判断せざるをえなかった。

俺はあのとき、榎並の無残《むざん》な死体に目を奪われた。だからネックレスがどこに落ちていたのかは分からない。ただ、ぱっと手に取れる位置にはなかったのだろう。森野は、それが恋人の妹のものであり、そこから足がつくことを怖れた。しかしネックレスを拾おうと不審な行動を取れば、俺に怪しまれる。俺に気づかれないようにネックレスを拾うにはどうしたらいいか。

森野はとっさの機転で、自分の喉の奥に指を突っ込んだ。

頭の潰れた榎並の死体を見て、気分が悪くなったのではない。俺の目をそらさせるための嘔吐だったんだ。俺が嘔吐物の処置に追われているのを尻目《しりめ》に、森野は隙《すき》を見て、床に落ちているネックレスを拾った。とはいえ、どこかに飛んだであろう一片の鎖の輪だけは回収できなかった。

捜査は開始され、三人の容疑者が浮上した。その中に芳根美加も含まれていた。森野と姉は協力して、美加を守ろうとした。捜査情報は、森野から芳根姉妹にそのまま渡っていたと考えていい。警察の取り調べにはこう答えろという想定問答も作られていたかもしれないな。

俺と森野には、ネックレスの購入記録をたどるという地味な調査が割りあてられた。あのネックレスは四万五千円。学生の美加が自分で買えたとは思えないから、誰かからプレゼントされたのだろう。森野はもちろん、美加がそのネックレスを誰からもらったのかは聞いていた。

結局、俺たちの調査によっては、その遺留品から美加の足がつくことはなかった。いや、もしかしたら森野は先回りして、遺留品から美加につながる痕跡《こんせき》をすべて隠蔽《いんぺい》した可能性もある。ネックレスの調査は俺と森野の専任だったから、俺に気づかれなければ、森野には可能だった。

捜査本部は、三人の容疑者に取り調べをおこなった。森野の入れ知恵があった美加は、比較的うまく容疑をかわしていたと言えるだろう。

当初、強く疑われたのは玉橋だった。そこで森野は、玉橋に罪を着せる工作を考えた。森野なりに、美加は長期間の取り調べには耐えられないと感じたのかもしれない。美加を解放するには、別の人間に罪を着せればいい。

玉橋が勤めている病院や、出入り業者のクリーニング店を調べるのは、捜査情報に通じている森野には容易なことだ。そして血のついた凶器をコインロッカーに放置して、発見させる。コインロッカーに犯罪の証拠を隠すというのは、犯罪者がよくやる手だ。刑事は違和感を持たない。森野はそのことも織り込んでいたと思う。

だが、この工作は裏目に出た。思いもよらず、玉橋にアリバイが見つかったからだ。玉橋の容疑は晴れ、凶器の発見が玉橋に罪を着せるための工作だったことになり、逆に俺に違和感を抱かせる羽目になった。

森野にとっては想定外だ。容疑者は二人になった。一人減ったぶん、二人に対する取り調べは強化された。美加は心理的に限界が近づいていて、自白する一歩手前だったのかもしれない。

言いかえれば、森野と姉はすぐに何らかの手を打たなければならなかった。罪を着せるとしたら、清水しかいない。使える物証は、凶器の灰皿は使ってしまったから、ネックレスだけ。そして森野には、このネックレスから美加の足がつくことはないという確信があった。森野自身が調査し、もしかしたら美加につながる痕跡も消去済みだから、その確信を持てた。

しかし、玉橋のときに一度失敗している。清水に罪を着せたあとで、玉橋のようにアリバイが出てきてしまっては困る。そこでいっそ、清水を殺すことにした。ひき逃げ事故に見せかけて殺害し、そのあとで自宅から物証のネックレスが出てくれば、その時点で清水はもの言わぬ死体になっている。榎並殺しの罪を着せて、真実を永遠に闇に葬りさることができる。

ひき逃げを実行したのは姉だろう。芳根の姉は、帰宅する清水を待ち伏せしてひき、バッグを奪う。鍵を取り、近くの清水宅に侵入する。ネックレスを机の引き出しに入れたあと、清水が倒れている場所に戻って、鍵を戻したバッグを置く。そして逃走をはかる。二十分もあれば犯行は可能だ。

この犯行は、運転免許のない美加には難しいし、ひき逃げが起きたときに俺と一緒にいた森野にはアリバイがある。しかし森野から姉に、清水に関する情報が伝わっていたのは間違いない。清水の自宅近くに、人通りのない道路や時間帯を選定し、充分な下見をおこなったうえで実行した。

結果的に清水は死ななかったが、狙った効果は得られた。榎並殺しの犯人は清水と断定され、あとはひき逃げ事故が迷宮入りすればＯＫだ。

森野は胸をなでおろしただろう。しかしそれもつかの間、大きな不安材料が現れた。それが俺だ。

俺はこの事件に疑問を持ち、追加捜査をしようと考えていた。森野は俺の捜査能力を知っている。どういう捜査をするかも。俺は、食いついたキバは離さない。相手を殺すまでしがみつき、嚙《か》み切《き》る。そうやっていくつもの事件を解決してきた。

そして俺が殺された夜。森野との最後の会話だ。俺は森野をメシに誘った。特に深い意味はなかった。それを断った森野にも、なにか思ったわけじゃない。森野に恋人がいたことを思い出し、恋人との約束があるのかなと思っただけだ。恋人の名前や職業を聞いたのも、なんとなくにすぎない。

でも、森野はそうは思わなかった。カマをかけられていると感じたんだ。俺が、森野と芳根姉妹の関係に気づいていて、恋人に関する質問をすることで、森野の反応を見て、腹を探っているんじゃないかと。

榎並殺しのあと、森野は姉妹と会うことは控《ひか》えていたはずだ。しかし森野と芳根の姉が会っているのを俺が目撃したのは、事件のまえだった。そのときは隠れて会うことはしていなかった。森野は芳根の姉と会っているところを俺に見られていたことを知って、動揺したはずだ。

あのとき森野の頭の中では、いろんなことが駆けめぐっていたんだろうな。あの事件現場でネックレスを拾うところを見られていたんじゃないか、とかな。俺はなにも気づいていなかったんだが。

俺は明日、須崎課長に話して、追加捜査の許可を得る、という話をした。俺が須崎課長に話してからでは遅い、と森野は思った。俺を殺すなら今夜しかない。妹の美加だけでなく、姉も犯罪に手を染めている。恋人を守るためには、俺を殺すしかない。

森野は俺と別れたあと、ナイフを手に入れ、俺の自宅前に張り込んだ。俺は自宅に帰ったところで殺された。したがって榎並殺しは芳根美加。清水のひき逃げは芳根の姉。そして俺殺しは森野。どうだ、これが正解だろ？」

武部は推理を終え、沙羅の反応を待った。

沙羅はタブレットを手にして、足を組んでいる。二度うなずいた。

「ご名答です。さすが、高卒叩きあげで成りあがっただけあります。すばらしい推理でした」

正解してほっとする反面、残念な気持ちが強い。

あの暗がりの中、死にゆく武部を見下ろしていた犯人の姿を思い出す。

ぼやけて見えなかったその顔に、想像で森野の顔をはめ込んでみる。森野は悲しみの表情を浮かべていた。

沙羅は髪を左耳にかけ、タブレットに視線を落とした。

「少し補足説明をしてあげましょう。確かにあなたの部下、森野は、芳根美加の姉、華怜《かれん》と付き合っています。華怜はＯＬで、年齢は二十九歳。森野の三つ上です。榎並の死体が発見される前日の夜、偶然あなたが目撃したときですが、二人にはある心配事がありました。華怜は妹のことで森野に相談していたんです。

美加は英会話教室に通い、榎並と付き合うようになりました。アメリカ生まれのプレイボーイ、甘いマスクとたくみな話術で、恋愛経験の浅い美加はメロメロになりました。しかし交際が進むにつれ、榎並がどうしようもない女たらしのクズだと分かってきた。玉橋のように借金を背負わされた女もいるし、清水のように中絶させられた女もいます。姉の華怜としては、トラブルになるまえに別れさせたかった。

しかし美加は、惚れてしまったが最後、ダメ男と分かっても、ずるずると関係を続けていました。華怜が森野にしていた相談とは、榎並のことで、森野は刑事なので、なにかあったときにあいだに入ってもらおうと思ったのです。

しかし、その夜に事件は起きました。

その夜、美加は榎並と別れるために、榎並の自宅を訪ねました。姉から言われたこともあり、自分でも結婚まで考える相手としてはふさわしくないと思ったからです。しかし問題が一つ。それは写真です。キス写真だけでなく、性行為を匂わせる動画もありました。付き合っているときに舞いあがった気分だけで撮ってしまったものです。美加には女子アナになるという夢がありました。そんな写真が流出したら困ります。別れるまえに、それらのデータをすべて削除するように榎並に頼んだのです。

しかし榎並はプライドの高い男です。自分が女をふるのはいいが、ふられることには腹を立てる。別れて、と言われて腹が立った榎並は、『分かった、削除するよ』と言って携帯を取り、しかし削除すると見せかけて、美加が裸で寝ていて、毛布だけかけている写真を友人にメールで送信しました。『あ、間違って友だちに送っちゃった』とへらへら笑いながら、その写真を美加に見せつけました。

実際には送信していません。美加をからかっただけです。しかし、このおふざけが命取りになりました。逆上した美加は、榎並が背中を向けたところで、テーブルの灰皿を取って後頭部に叩きつけました。榎並は抵抗しようと手を伸ばし、美加のネックレスに手をかけました。

ふたたび灰皿を振りあげた美加は、榎並の頭頂部に叩きつけました。榎並は即死です。その際、ネックレスを引っぱったため、チェーンが切れました。美加は気が動転していたため、ネックレスが床に落ちたことに気づきませんでした。凶器だけ持って部屋を出て、自宅に帰りました。

翌日、死体が発見され、あなたと森野が現場に駆けつけました。通報者の女性が『榎並』と言ったこと。そして事件現場に入り、あなたの目は死体に釘づけになったけれど、森野は床に落ちていたネックレスに気づきました。そのネックレスが美加のものだということは、森野にはすぐに分かりました。なぜなら事件五日前の妹の誕生日に、姉がプレゼントしたものだったからです。華怜がネックレスを買ったのは錦糸町《きんしちょう》にある宝石店で、そのとき森野も一緒でした。

森野は、美加の犯行だと瞬時に察しました。ネックレスを拾おうと思いましたが、距離がある。あなたに気づかれてはいけない。その場でできることはかぎられていました。森野はとっさに喉の奥に指を突っ込み、嘔吐しました。あなたが嘔吐物に気を取られている隙に、ネックレスを拾いました。

そのあと森野は華怜に連絡し、状況を説明しました。華怜が妹を問いつめると、美加は榎並を殺したことを白状しました。華怜には妹を守ろうという強い意志がありました。九歳年下の妹、貧しい家庭で育ち、母代わりとなって面倒を見てきました。上京させて自分の部屋に住まわせ、学費まで負担しています。女子アナになりたいという夢をかなえさせてあげたいと思ってのことです。

森野もまた、事件現場から遺留品を拾った身として引くに引けなくなり、協力することになりました。森野はまず自分名義で携帯電話を購入し、華怜に渡しました。以後、連絡はこの携帯を通してのみ。会うことは極力避けていました。捜査情報はリアルタイムで姉妹に伝えられ、取り調べに対する受け答えもアドバイスしていました。そのおかげで美加はボロを出さずに、難局を乗り切れました。

その後、あなたと森野はネックレスの調査に専任となりました。森野はもちろん、ネックレスを購入した店も日時も分かっています。現金で買ったのでクレジットカードの記録はありませんが、問題は防犯カメラです。華怜と森野が一緒に宝石店を訪れ、ネックレスを購入している映像が残っています。

とはいえ、その時点では五十種以上ある商品のどれかとしか分かっていなかったので、いちいち確認はしていません。ただ、レジに残っている販売記録と突き合わせて、あとで購入者を特定できるように、あなたは防犯カメラの映像を押さえておきました。そこには華怜と森野の姿が映っています。

しかしそれに関しては、森野があなたの目を盗んで、二人がネックレスを購入した日の映像を、店側に残っている元データも含めて、こっそり削除してしまいました。したがって映像は残っていません。

あとは、あなたの推理通りです。玉橋に罪を着せようとするも、アリバイが見つかって失敗。華怜と森野は焦っていました。美加が落ちかかっていたからです。取り調べのプレッシャーと、人を殺したという罪の意識から、限界に近づいていました。森野と華怜で話し合いがもたれ、清水に罪を着せるしかないという考えにいたりました。使えるのは、榎並の血がついたネックレス。防犯カメラの映像は消去済みなので、ここから足がつくことはないという確信がありました。

ただし、ひき逃げに関しては華怜からの提案です。森野は反対しました。それだと華怜まで殺人犯になる。妹の殺人を隠蔽するために、姉が殺人を犯すという提案は、森野には受け入れがたいものでした。しかし華怜は独断専行で実行してしまった。清水が病院に搬送されたという報を聞いて、森野は『ああ、やってしまった』と思いました。同時に、『これでもう引き返せないな』と覚悟も決めた。

計画は狙い通り進み、森野は胸をなでおろしました。しかし、事件に疑問を抱いたあなたが動きだす。彼はあなたをよく知っています。妥協なく、時として手段を選ばずに行動することを。彼はあなたを怖れつつ、同時に尊敬していました。捜査一課以上に敵に回したくない相手でした。

そして、あの夜の会話です。あなたは森野の恋人について、名前や職業を聞きました。彼はカマをかけられていると感じた。あなたが事件の真相に近づいていると。あなたは明日、須崎課長に話すと言った。明日には須崎にも話が通ってしまう。であれば今夜、殺すしかない。芳根姉妹を守るために、自分自身も手を汚すしかない。森野は腹をくくりました。そして、あなたを殺した」

沙羅は説明を終え、口笛でも吹くように唇をとがらせた。

「少し後日談をしましょうか。実はあなたの死後、地球時間で約二日経過しています。あなたの死因は出血性ショック死。森野がナイフを引き抜き、大量出血したのが原因です。あなたの意識が落ちたあと、森野はあなたの財布を抜いて、強盗に見せかけました。曲がりなりにも刑事、証拠は残していません。警察は、まさか同僚による犯行とは思わず、あなたがこれまで逮捕した犯人による報復ではないかと考えています。捜査は最初から間違った方向に突き進んでいます。

一方、清水は目を覚ましました。しかし記憶を失っています。回復を待って取り調べということになるでしょうが、彼女が榎並殺しの犯人であることは既成事実として話が進んでいます。とまあ、そんなところですね」

言葉が出なかった。

不思議と森野に対して怒りはわかなかった。むしろこの一ヵ月、裏でそんなことがあったのに、武部にまるで悟らせなかった森野の演技力に驚いた。武部のすぐ近くで、証拠隠滅までしていたとは。

「さて、どうしましょうか」と沙羅は言った。

「どうしようかじゃなくて、生き返らせてくれる約束だろ」

「ええ。ですが、正確には時間を巻き戻すんです。時間と空間というのは、連動しながら一定の方向に進んでいくのですが、それを巻き戻すんです。本来は時空のねじれに入り込み、間違って霊界に来てしまった人を送り返すための秘儀なんですけど。本来の目的ではない使用法で使ったことが父にばれたら、大目玉なんです」

「じゃあ、どうするんだ?」

「あとで調整が大変なので、なるべく事実関係はいじりたくありません。そこで、あなたが死んだという部分だけ変更するために、死の直前に時間を戻します」

「死の直前って、どのあたり?」

「森野に刺された直後ですね」

「ちょっと待てよ。だったら生き返っても、すぐ死ぬだけじゃねえか」

「そこら辺はこっちでうまくやります」

「どんなふうに?」

「それは生き返ってのお楽しみ」

沙羅はウインクして、天女のような微笑《ほほえ》みを浮かべた。

「まあ、どちらにしても、あなたはここに来た記憶をなくします」

「ああ、やっぱりそうなのか。そうじゃないかと思った」

「当然です。霊界のことはトップシークレットです」

「そりゃそうだな。じゃあ、そっちのいいようにしてくれ。おまかせするよ」

地上に戻ったら、記憶を失う。榎並殺しからはじまる一連の真相もすべて忘れることになる。だが、命さえあるなら、また一から捜査すればいい。ふたたび推理して、真相にたどり着く自信はあった。

「では、さっそく」

沙羅は回転椅子を回してデスクに向かい、タブレットをキーボードにセットする。なにやら打ち込む作業に、一分ほどかかった。

「じゃあ、行きます。時空の隙間《すきま》に無理やりねじ込むので、めっちゃ痛いですけど、我慢してください。では——」

「ああ、待て。沙羅」

「なんです?」

「なんていうか、その……」

「なんですか。無駄な時間を使わせないでください」

「ああ、悪い。うん、礼を言うよ。ありがとう。生き返りのチャンスをくれて」

「どういたしまして」

「こんなふうに他人に礼を言ったのは初めてだ。元嫁や息子にも、ちゃんと謝れたらいいんだが」

「そう思ったのなら、謝ればいいじゃないですか。ま、今日が私の担当でよかったね。ここにいたのが父だったら、有無を言わさず地獄行きでしたよ。女子供に暴力をふるう軟弱な男には、容赦ないですから」

「ああ、ラッキーだった」

「あなたは優しいところもあるし、これを機に心を入れかえて、地上に戻っても骨身に鞭《むち》打《う》って、ばりばり犯罪者を捕まえてください」

　不思議な娘だ。

見た目ははるか年下なのに、どこか母のようであり、いや、もっと偉大な聖母のようであり、あるいは大地そのもののような。自然と童心に返ってしまう。

「それじゃあ行きます。ちちんぷいぷい、武部建二、地上に還《かえ》れ」

沙羅は、エンターキーを押した。

4

——電車を下り、駅を出た。鼻唄を歌いながら歩いた。

二階建ての自宅アパートが見えた。頭を空っぽにして歩いた。

アパートの入り口まで来たところで、

突然、背中に何かがぶつかってきた。

次の瞬間、腰の左側に、衝撃をともなう強い痛みがきた。

「うっ」

武部はうめいた。手足から力が抜けた。

腰の左側に何かが刺さっている。ナイフ？

背中に誰かがひっついていて、その人物の息づかいが聞こえる。だが激痛のせいで耳が狂って、男か女かさえ分からない。

痛みのせいで、思考がかき乱される。

「だ、誰だ?」

背後の影は何も言わない。

とっさに思ったのは、これまで武部が手錠にかけてきた犯罪者たちだ。しかし具体的に誰となると、思い浮かばない。

背後の犯人は、ナイフを刺した状態のまま、武部の背中に張りついている。

「あー、人が刺されてる」

女の声がした。前方を見ると、まるで街で芸能人を見つけたみたいに、若い女がこっちに向けて指をさしていた。

十代半《なか》ばの女の子だ。淡いブルーの花柄ワンピースに、白のニットカーディガンをはおっている。スカートの丈が短く、すらりと細い生足が強調されている。靴はコンバースのスニーカー。左耳にハート形イヤリング。

「誰かー、来てー、ここに人殺しがいまーす!」

少女が叫んだ。危機感のない、ふざけたしゃべり方だった。

背後の殺人鬼が、彼女に襲いかかることを危惧《きぐ》した。

「バカ、逃げろ!」

少女に向かって叫んだが、音が喉の奥で潰れた。

だが幸いにも、背後の殺人鬼は、少女の声に驚いたのか、武部から離れて、あわてて立ち去っていった。

武部の背中にナイフは刺さったままだ。

急に力が抜けて、地面にひざをついた。そのまま前のめりに倒れた。刺し傷から痛みが飛びちって、体内を駆けまわっている。

コツ、コツ、コツ、と少女が小さな靴音を鳴らして近づいてくる。武部の顔の前に、コンバースのスニーカーが現れた。

少女は武部を見下ろしていた。美形の顔立ちだった。しかし、その顔にはまるきり表情がない。ハイエナが死体を見つめるような目つきだ。

武部はどうにか声に出した。

「救急車を……、呼んでくれないか?」

「嫌です」少女はにべもなく言う。

「な、なぜ?」

「だって一一九番通報すると、録音されるから。困るんですよね。この世に私の声の記録が残っちゃうと」

犯罪者なのか、と武部は思った。

声紋が残ると、足がつく指名手配犯なのかもしれない。だとしたら、なぜ助けてくれたのか。黙って通り過ぎることもできたのに。

「自分で電話しなさい。ナイフは抜けてないから、出血は少ないはずだよ」

「いや、無理……。身体が動かない」

「やれやれ」

少女はしゃがみこんだ。無言で武部のスーツの左側ポケットに手を入れた。そこに携帯電話が入っている。

「通報してあげてもいいけど、一つだけ約束しなさい」

「なんだ……、約束って」

「元嫁と息子に謝罪しなさい」

「は？　なぜおまえが、そんなこと……」

「約束するの？　しないの？」

「………」

「しないのね。じゃあ死になさい」

「待て……。突然言われて、意味が分からなかっただけだ。するよ、約束する。だから救急車を呼んでくれ……。頼む。いや、お願いします」

少女は武部の携帯を手に取って、ボタンを三つ押した。ピ、ピ、ピ。それから武部の耳に携帯を当てた。

「自分で話しなさい」

電話がつながった。

「はい、こちら消防庁です。火事ですか、救急ですか?」

「あ……、ナイフで刺されました……。ナイフが背中に刺さったままで、自分で電話しています……。名前は武部建二、戸塚署の刑事です」

「場所はどこですか?」

武部は自宅アパートの住所を告げた。

「分かりました。すぐに——」

携帯が耳から離された。少女は通話を切り、携帯を地面に置いた。

「おまえ……、誰だ?」

武部はつぶやくが、少女は無言で立ち去っていった。


駆けつけた救急車で、病院に搬送された。

病院に到着したところまでの記憶はある。翌朝、目覚めたときには、手術は終わっていた。幸い、ナイフは臓器を外れていた。ナイフが引き抜かれなかったため、出血は少なかった。命に別状はない。

現役刑事に対する殺人未遂。警視庁を挙げての大捜査本部が組まれた。

武部は犯人の顔を見ていない。息づかいから、男だったような気がするが、それも定かではない。武部が過去に逮捕した犯罪者による報復の可能性もある。捜査本部は容疑者の絞り込みをおこなっているが、有力情報はなかった。

武部は絶対安静で、病院で寝ているしかなかった。

それがかえってよかった。

動けないぶん、いま自分の頭の中にある情報だけで考えるしかない。考えることは二つ。誰にやられたのか。そして榎並殺し。

頭の中の情報を精査した。榎並殺しから清水のひき逃げにいたるまでの全過程。そして自分に対する殺人未遂。点をつないで線にする。すると、そこに思いもよらない一本のストーリーが浮かんできた。

ノックがあって病室のドアが開いた。須崎が顔を出す。

「おう、武部。元気か?」

「ええ、なんとか」

須崎も、武部の事件の捜査本部に入っている。忙しいなか、病室に足を運んで、進捗状況を教えてくれる。

須崎は手土産のどらやきを武部に放り投げた。

「いただきます」

食欲だけはある。どらやきにかぶりついた。

「傷口はまだ痛むのか？」

「ぜんぜん。俺としては退院して仕事に戻りたいんですけど、医者が言うにはまだ早いって」

「焦ったよ。おまえが刺されたと聞いたときは」

「心配かけて、すみません」

「しかし、たいしたもんだな。刺された直後に、自分で冷静に電話して、救急車を呼ぶなんて」

「いえ……」

あの少女のことは誰にも話していなかった。少女は声の記録は残したくないと言っていた。そのことから指名手配犯なのかと思った。

しかし十代の少女の指名手配犯など、そんなに多くはない。しかも並の女じゃない。尋常じゃない落ち着きぶり、圧倒的な存在感、そして美しい顔。あれほどの美しい指名手配犯なら、警察でも有名になっているはずだが、武部は聞いたことがない。そう考えると、整形した可能性もある。

不思議なのは、武部を知っているふうだったことだ。しかし武部は彼女をまったく知らない。いや、どこかで会ったことがあるような気がしないでもないのだが、整形した可能性を考慮しても、思い出せない。

だから夢のような気もしたのだ。武部は自力で救急車を呼んだのであり、少女のことは意識を失ったあとで見た夢だったのではないか。

あえて誰にも話さなかった。なにより夢ではなく、あの少女がこの世に実在しているとして、たとえ凶悪な犯罪者であったとしても、捕まってほしくなかった。刑事としては許されない心情かもしれないが、それが本音《ほんね》だ。

「ところで課長、清水はどうなりましたか？」

武部が刺された翌日、意識不明だった清水が目を覚ました。しかし一時的な記憶喪失状態にあり、取り調べはできないとのこと。

「ああ、今は回復して、取り調べにも応じている。容疑は否認したままだがな。自宅から出てきたネックレスについても、身に覚えがないと言っている」

「清水のひき逃げ犯は？」

「はがれた塗装から、メーカーと車種の絞り込みまでは進んだ。しかし、よく使われている塗装なので、決め手にはならない」

「あの、森野はどうしてますか？」

「異動したよ。おまえのところに、あいさつに来てないのか？」

「来てないですね」

須崎は舌打ちした。「しょうがねえ野郎だな。世話になったのに、あいさつにも来ないのか。森野に顔を出すように言っておくよ」

「いや、課長。ちょっと内密な話があるんです」

「ん？」

「とりあえず捜査本部が清水の逮捕手続きに入ろうとしたら、止めてください」

「なぜ？」

「気になることがありまして。課長に頼みたいことがあるんです」


五日後。

病室のドアがノックされた。

「どうぞ」

武部が言うと、ゆっくりドアが開いて、森野が顔を出した。森野は頭を下げて病室に入ってくる。

久しぶりに見る森野の顔だった。頬がやつれて、土色に変色している。須崎に頼んで、森野を病室まで連れてきてもらった。

「悪いな、呼びだして」

「いえ」

「座れよ」

森野はパイプ椅子に腰かけた。猫背のまま、顔を上げられず、武部の顔を見られないでいる。身体の芯《しん》から凍《こご》えているように、肩をすくめている。

「新しい部署はどうだ？　うまくやれてるか？」

森野は返事をしなかった。

「俺はおまえを見くびっていたよ。おまえは毒のない人間かと思っていた。その意味で、刑事には向いていないんじゃないかと危惧していた」

武部は笑った。

「これは俺の持論だが、人間には二種類しかない。毒にもなるが薬にもなる人間と、毒にも薬にもならない人間。刑事は、悪人どもを相手にするわけだ。奴らになめられたら、やっていけねえ。俺たちは悪玉ウイルスに勝つ、強い抗生物質でなければならない。でも抗生物質だって、元の成分は毒だからな。致死量があり、大量に飲めば死ぬ。用法用量を守って飲めば薬になるが、やみくもに飲めば毒になる」

刑事には毒が必要だ、と武部は言った。

「毒をもって毒を制す。それが刑事の仕事だと俺は思っている。用法用量を守って、正義のために毒を行使する。その毒が、おまえにはないと思っていた。おまえは毒にも薬にもならない、優しい善人であり、役立たずの凡人だと。でも、ちがっていたんだな。おまえの中にもあったんだ、毒が」

森野は顔を上げた。苦しげな表情だが、武部の目をしっかりと見つめ返した。

「とっさの機転で嘔吐するなんて、なかなかのもんだ」

「何のことですか?」

「でもな、俺たちの毒は、毒を制するための毒なんだよ。その毒に自分自身が侵されちゃいけない」

武部は背筋を伸ばした。背中の傷が少し痛んだ。

「絶対安静だったから、ずっとベッドで寝てたよ。それがよかったんだろうな。自然と答えにたどり着いた。須崎課長に動いてもらった。まず一つ、おまえ、私用の携帯電話を二つ持ってるな。一つはおまえ自身が持ち、もう一つはGPS機能でたどったところ、芳根華怜という女性が持っていた。第二に、華怜のマイカー。フロント部分が少しへこんでいた。清水をひき逃げした車の塗装とも一致した。第三に、近く芳根美加に任意同行を求めるつもりだ。自分のために、姉や、その恋人まで罪を犯したと知ったら、彼女はどうなるだろうな。それからもちろん、VFVのネックレスについても追跡調査する。おまえが消したかもしれない購入記録もな」

森野は唇を噛んでいる。ひざが震えだし、ふたたび武部から視線をそらした。

「森野、なにか申し開くことはあるか?」

「いえ」

「芳根美加に、最初の時点で自首させるべきだった。そうすれば華怜もおまえも罪を犯す必要はなかったんだ。とんだバカ野郎だ」

「申《もう》し訳《わけ》ありませんでした」

「俺は妥協しない。どうする?」

「……自首します」

「それがいい。芳根姉妹も一緒にな。最後のけじめくらい、しっかりつけろ。俺を刺したことに関しては、なかったことにしてやってもいいんだが、まあ、そういうわけにもいかねえか」

森野の目から、涙が一筋こぼれ落ちた。

「残念だよ、森野。これでも俺はおまえのこと、買ってたんだぜ」


翌日、森野は芳根姉妹をともなって、警察署に自首してきた。

一ヵ月が過ぎた。

武部は退院して、職場に復帰した。まだ万全ではないので、靴底をすり減らす捜査には駆りだされず、負担の少ない業務を割り当てられている。

大きな事件もなく、日々をつつがなく過ごしている。

武部は一人、刑事課フロアにいた。パソコンの前。警視庁のデータベースにアクセスして、指名手配犯および過去に逮捕されて今は出所している犯罪者の写真を見ていた。

あの少女のことがずっと頭を離れなかった。年は十代半ば。十二歳から、最大でも二十五歳まで。重大犯罪から微罪まで、かたっぱしからチェックする。

しかし、あの少女の顔は見つからなかった。

「誰なんだよ、おまえ」

記憶の中の少女に向かって呼びかける。

問題は、あの少女が武部のことを知っているふうだったことだ。過去に武部が補導した子だったろうか。

確かに、どこかで会ったことがあるような気がしないでもない。そんな遠い昔のことではないような気もするし、いや、それどころか、何百年もまえの遠い記憶、いわば前世の前世の、そのまた前世の記憶のような気もする。

過去に会った気がするのに、思い出せない。

しかしあの少女は、有象無象の小娘ではない。あんな強烈な印象を放つ少女なら、一度会っただけでも忘れない。

刺されて死にかかっている武部を見下ろしていた少女の顔。武部の命を、そこらの石ころ同然に見つめる目。あの目は、猛毒を含んでいた。あれは人の死を見慣れている者の目だ。しかもあの年で。それが信じられない。

なぜあの年齢で、あんな目ができる？

あんな女は、この日本に、いや、地球に、宇宙に、たった一人しかいない。それくらいの強烈なパーソナリティーを持った、唯一無二の存在だ。大げさではなく、それが武部の実感だった。

少女の顔を思い浮かべる。

過去に会ったことがあるとしても、犯罪者なら整形している可能性もある。でも、声はどうか。方言はなかった。声はかなり特徴的だった。楽器のように甲高《かんだか》い声は、思春期的だが、声のトーン自体は落ち着いていた。特に、

「嫌です」

と、にべもなく言ったあの言葉。あの言い方に聞き覚えがあるような気がする。でも、どうしても思い出せない。

結局、謎は謎のまま残った。

やはり夢だったのだろうか。しかし夢にしては鮮烈すぎる。延々と続く堂々めぐりだ。神はいるのかいないのかといった話と同じで、終わりがない。

武部なりの結論を下した。

あの少女は、神様が武部を助けるために遣わした天使だったのだ。

そう思うことで、それを心の結論とした。

少女が現れなければ、武部は死んでいた。命の恩人であることに変わりはない。心の中で感謝していた。そしてまた、どこかで会ってみたいとも。

少女のことは誰にも話していない。話してはいけない気がした。

あの少女は、イリオモテヤマネコのごとく、干渉せず、そっとしておくべき存在。彼女が犯罪者であっても、捕まえる気はなかった。たとえるなら、神様が災害を起こして人間を殺しても、罪に問えないのと同じだ。

武部は年齢のせいか、最近の若者を見ると、訳もなく腹立つことがある。しかしあの少女に対しては、それがまったくなかった。高慢ちきなしゃべり方も、不遜《ふそん》な態度も、それをして当然の存在に思えた。


武部は一人、刑事課フロアにいる。

ふいに思い出す。元妻と息子の顔。別れたのは三年前。

記憶に残る息子の顔に、笑顔はない。

父の顔を見ただけで、息子は脅えた。声をかけると、びくっと身体を震わせ、顔をうつむかせて、そっと父の顔色をうかがう。

根性のないガキだ、と武部は思った。妻のしつけが甘すぎるとも。

だから、せめて武部が家にいるときは、息子に厳しく接した。怒鳴ることもあったし、時には体罰も与えた。

武部が子供のころは、それが普通だった。悪いことをしたら、ぶん殴られる。嘘をついたら、平手打ちされる。武部はそういう教育でたくましく育ち、それが現在の武部の核を作っている。その核が、刑事としての自分を支えている。だから自分の中で、体罰を含めたしつけは正当化されていた。

その結果、息子が強い子に育ったか、といえば、逆効果だったと言わざるをえない。単に父の暴力に脅える子になった。この世界は暴力に満ちていると、息子に知らしめるだけの結果に終わった。そして殴られたら痛いから、怖い大人に対しては、びくびくして萎縮するだけの子になった。殴られるだけだから、出すぎた真似はせず、消極的に大人しくしているだけの子になった。

武部が正当化していた体罰は、自己満足にすぎなかった。

この父と暮らしていると、息子がダメになる。妻はそう判断して、息子を連れて家を出ていった。以来、会っていない。

別れて三年になる。息子は中学生になっているはずだ。どんな子になっただろう。父のせいで曲がった子になっていなければいいが。

武部の心境も変わった。特に入院していた一ヵ月で、森野のことも含めて、いろいろ考えさせられた。自分のこれからの人生、元妻や息子との関係も、あらためて見つめ直さなければならない。

元妻と復縁しようというのではない。武部なりに、今の暮らしが性に合っている。元妻も息子も、落ち着いて生活できているなら、今のままでいい。でも、

「約束は約束だからな」

武部はつぶやき、笑った。

「なにせ、あの子は神様が地上に遣わした天使だからな。約束を守らないと、どんな祟《たた》りにあうか分からねえ」

元妻と息子に謝罪しなさい、と少女は言った。

謝って、過去がなかったことになるわけではない。でも、何もしないよりはましだ。

ひと言、謝るだけだ。

悪いことをしたから、体罰で殴るのではなく、自分がしたことを認めてちゃんと謝ることを、父が身をもって示さなければならない。

武部は一度深呼吸して、携帯電話を取った。

元妻の番号にかけた。

しばらく電話に出なかった。おそらく元妻が、武部からの電話に出ることを躊躇《ちゅうちょ》しているのだろう。

ようやくつながった。

「もしもし」

元妻の声だった。声に警戒心が混じっている。

「あ……、お、俺だ。建二だ」武部は勇気を振りしぼって言った。「あ、あのさ……、いま電話、大丈夫か?」

「え、ええ……」

「あの、いや、ええと——」

【第2話】

池谷修　30歳
ゆすり屋

死因　？

To a man who says"Who killed me,"
she plays a game betting on life and death.

1

「はじめまして。山田太郎《やまだたろう》です」

池谷修《いけたにおさむ》は、あからさまな偽名で自己紹介した。

海外ブランドのスーツに身を包み、正座している。首を低くし、なるべくいやらしく、相手の顔を下からのぞき込む。

対面の男は、五十五歳の会社社長だ。

名は、野間口《のまぐち》という。東大卒業後、広告代理店に入社。四十歳でコンサルタント会社の経営に乗りだし、成功した。

白髪が多く、しわが目立つが、いまだ性欲の涸《か》れない脂ぎった顔をしている。若い女を見る目に、俗臭がただよう。身だしなみに隙がなく、ホワイトニングした歯が白く光っている。リスクとリターンを両にらみし、つねに保険をかけて仕事を進めていくタイプ、と池谷は見ている。

場所は、料亭の個室。目の前に二万円のコース料理が並んでいる。

野間口は、おしぼりで手の平をぬぐった。まだ数回しか、池谷の顔を見ていない。相手を直視せず、しかし腹は探ろうとしている。交渉慣れしているふうである。特に水面下での交渉が得意そうだ。

池谷は待った。

野間口に先にしゃべらせる。駆け引きははじまっている。

沈黙に焦《じ》れた野間口が言った。

「で、なんだね。話って？」

池谷は、黙って一枚の写真を差し出した。

野間口が愛人とホテルに入っていく写真。女は野間口の会社の社員でもある。

「我々は、とある探偵社の者です。あなたの奥様からのご依頼で、あなたの調査をさせていただきました」

「あいつめ」野間口は唾棄《だき》するように写真を見流した。

「奥様は、離婚したい意向のようです。それも、なるべく好条件で。この写真はほんの一例です。他にもあります」

妻はまだ四十代。野間口にとっては二度目の結婚だ。子供はいない。金づかいが荒く、強欲な女だが、外見だけ取ると、かなりいい女である。エステとジムで磨《みが》きあげたスレンダーな肉体に、熟した色香を宿している。

「それで？」

「ええ、この写真を野間口様にご購入いただけないものかと思いまして」

「私をゆする気か?」

「とんでもございません。ビジネスです。同じ商品なら、より高く買ってくださる方にお売りする。逆に、その商品を買いたいのなら、競争相手より高い値をつける。ごく自然なことじゃありませんか」

池谷はうすら笑いを浮かべた。

「探偵業も、競争が厳しくてね。個人情報保護の時代になり、情報収集のコストはかさむのに、依頼料の単価は上げられない。ちなみに奥様からの依頼料は、たったの二十万です。奥様は強欲な方ですね。うちは良心的な価格設定なのに、足元を見られて値切られてしまって。それで思いつきました。この写真をもっと高い値段で買い取ってくれるところがあるなら、そちらに売ってさしあげてもいいんじゃないかと」

入念にリハーサルしているので、言葉はすべるように出てくる。

「それに、野間口様に同情しているのですよ。私のような者でも、野間口様が大変責任の重い仕事をなさっていることは分かります。百人を超える社員をたばね、脂汗を流しながら苦渋の経営判断をする。私などには想像もつかない重圧に耐え、昼夜もなくハードワークをこなし、数多くの会社を救ってこられました。野間口様のような方の努力が、日本経済を土台から支えているのだと感服いたしました」

野間口はコストカッターとして知られる。そのコンサルタント業を通して、多くの会社を黒字回復させてきた。

「それに比べて、あの嫁ときたら……。旦那《だんな》が汗水流して稼いだお金を、湯水のごとくブランド品に投じ、家事は家政婦まかせ、恵比寿《えびす》の高級マンション最上階に住み、朝はカフエでパンケーキ、午前はジム通い、昼に一万円のお寿司《すし》を食べ、午後はエステ、仕事といえば夕方にトイプードル四匹の散歩をすることと、しょうもないブログを更新することくらいです。これがセレブな奥様の優雅な一日です」

池谷はいやしく笑った。

「あんな女を嫁にしているだけでも、野間口様は寛大な心の持ち主です。そりゃあ浮気くらいしますよ。戦士にも骨休みは必要です。奥様は、内助の功もなく、あなたの妻という地位にあぐらをかき、金を浪費したあげく、さらにあなたとの離婚をもくろみ、まだ搾り取ろうとしている。いい女なのは認めますがね。でも、もう四十過ぎでしょ。ああいう女にいいようにされてはいけませんよ」

野間口は無表情だった。頭の中で算盤《そろばん》をはじいているのだろう。

ペースはこちらにある。

池谷は、後ろで控えている男にサインを送った。

阿賀里《あがり》勉《つとむ》を、用心棒として部屋の隅に立たせていた。

黒スーツにサングラス、髪はオールバック。身体が大きく、肩がせりあがるほど筋肉質で、無骨な顔だ。

池谷のサインを受け、阿賀里は煙草の箱を取りだして、一本くわえた。火をつけ、大きく煙を吐きだす。煙がたちこめた。

煙草を吸わない野間口が顔をしかめる。

池谷は眼光をとがらせた。阿賀里に振り向き、怒声を浴びせた。

「てめえ、なに煙草吸ってんだ。お客さんに失礼だろうが！」

腹から声を出した。阿賀里は、サングラスの下に脅えた表情を浮かべ、でかい身体を後ずさりさせた。

「すみません」

みっともなく腰が引けた状態で、煙草を携帯灰皿に潰した。それから絶対服従するように、手を後ろに回して直立不動した。

池谷は、野間口に顔を向けた。

「申し訳ありません。うちの者が失礼しました」

野間口の顔に困惑が広がっている。池谷を下に見ている感があったのだが、今のやり取りで消えた。

「で、話を戻しますと」

池谷は、音を立てて茶をすすった。

「野間口様。どちらにしても、あなたはゆすられるんです。私じゃなくても、あなたの奥様に。私との取引が成立しなければ、この調査資料は二十万円で奥様に渡ります。その後、弁護士をつけて離婚交渉となるでしょう。あなたの資産から考えて、たんまり持っていかれるでしょうね。結婚以来、犬の世話しかしていない女に、分不相応な手土産を持たせることになりそうです」

池谷は、野間口に顔を近づけた。

「まあ、それで済めばいいのですが……」

「どういうことだ？」

「あの女、タチが悪いですよ。愛人のことが表沙汰《おもてざた》になれば、社内不倫ですからね。社長としても立場がないでしょう。社内に派閥争いがあって、社長に反旗をひるがえそうとしている一派があるとも小耳にはさみました。そこをつかれて、さらに金をゆすられることにもなりかねません。どうせゆすられるなら、水面下で、話の分かる相手のほうがいいと思いませんか。うちはビジネスです。取引が成立したら、お客様にいかなるご迷惑をおかけすることもないと、お約束いたします」

野間口の表情は変わらない。

「ちなみに、あなたの奥様を調べてみると、どうも奥様こそ、浮気をされているようですよ。犬の美容院があるのですが、そこで働いている三十代バツイチのイケメン店長といい関係みたいです。あなたとの離婚を考えているのも、この彼のことがあるからかもしれません」

池谷は、もう一枚写真を取りだした。野間口の妻がその店長となかよく話しているところを撮ったものだ。

写真を見た瞬間、野間口が悪い男の顔になった。取引の成立を確信した。

野間口は池谷を見据えた。

「いくらだ?」

「五百万」

「支払方法は?　小切手でいいのか?」

「いえ、うちは現金取引オンリーでして」

現金の送付先を記したメモ用紙を渡した。宅配ボックスを利用したもので、お互いに足がつかないという点で、野間口は納得したようだった。

「では、取引成立でいいな」

「はい。お金が届き次第、野間口様の調査資料はすべて破棄したうえで、奥様にはクリーンな資料を提出させていただきます」

「ああ」

「それから、これは奥様の浮気について、私どもが調べあげた資料です。こちらは無料サービスとなっております」

資料の入った封筒を差し出すと、野間口は無言で受け取った。

「今後も不倫を続ける場合は、お気をつけください。奥様が別の探偵事務所に依頼される場合もありますので」

野間口は、料理には手をつけず、封筒だけ持って部屋を出ていった。

三分後。野間口が店を出たのを確認して、
阿賀里が、安堵《あんど》のため息をついた。

「やったね、オサムくん。さすが、名演技」

「おう」

阿賀里はサングラスを外した。

パンダみたいな垂れ目が現れる。子供にもなめられる顔だ。サングラスはこの目を隠すためのものだ。

阿賀里はネクタイをゆるめた。それから野間口が座っていた座布団の上に、あぐらをかいて座った。池谷も正座を崩した。

「やった、やった。あいつ、こんなうまそうなごちそうなのに、全部残していった」

阿賀里は箸《はし》を取り、刺身のトロを食べた。「うまーい」と満面の笑みを浮かべる。

「あ、そのまえに乾杯しなきゃ。さ、さ、オサムくん」

阿賀里はビールの瓶を取り、池谷のグラスに注いだ。自分のグラスにも注ぐ。二人で杯を重ねた。

「かんぱーい！」

阿賀里はぐぐっと飲みほした。池谷も緊張がほぐれて、一気に飲みほした。


翌日、宅配ボックスに小包が届いた。百万円の札束《さつたば》が五つ入っている。

「よっしゃー」と阿賀里が叫ぶ。

「さっそく銀行に行こう」

「うん。でもさ、オサムくん。あの親父《おやじ》、もっと出しそうだったよ」

「素人はそうやって欲をかいて失敗するんだよ」

ゆすり屋稼業のコツ、それはやりすぎないこと。

何度も脅迫して金をゆすれば、いずれは返り討ちにあう。警察に駆け込まれたら、一発でアウト。余罪を調べられ、これまで稼いだ金も没収されかねない。いや、それならまだいい。敵は社会的強者である。別の筋に依頼して、こちらに反撃してくる可能性もないとは言えない。

池谷と阿賀里には、何の後ろ盾もない。暴力団員のように装っているが、実のところ、根なし草の、吹けば消し飛ぶ、無力な若造二人組にすぎない。

ここは戦場だ。一発でも弾が当たったら、死が確定。だから敵は内にある。慢心と増長、これが怖い。「あいつはもっと金を出しそうだ」などという欲が一番まずい。

野間口と接触するまえも、綿密な下調べをしている。

野間口の性格を読みきり、どう動くかも予測を立てている。野間口は冷徹な経営論理の持ち主だ。損得勘定、費用対効果をつねに計算している。そして野間口の財力を考えて、経済的にも心理的にもいくらまでなら出すかを正確に見きわめる。

あまりに高額を要求すると、逆にこちらに反撃しようという山気を起こされかねない。ドブに捨てたと割りきれるくらいの額でないといけない。

野間口の場合、それを五百万と設定した。池谷なりの根拠があってのことだが、中卒の阿賀里に説明しても分からないだろう。

「あいつは五百万で充分だ。一人のターゲットに執着しない。それより次のターゲットを探したほうがいい」

五百万を持って、S銀行まで来た。

銀行の貸金庫を借りていた。

ここのは少し特殊で、金庫を開けるのに三つのものが必要になる。一つは鍵、それから八文字のアルファベットからなるパスワードが二つ。

ゆすりで稼いだ金は、この貸金庫に現金のまま入れてある。犯罪収益なので、預金口座には入れにくい。かといって家の金庫では安心できない。

金庫室に入り、池谷が鍵をさしこむ。そして自分のパスワードを入力する。その際、阿賀里は離れた位置に立ち、背を向けている。

続いて、阿賀里と交代。池谷が離れ、やはり背を向ける。阿賀里がパスワードを入力することで、金庫が開く。

ポイントは、池谷と阿賀里がパスワードを一つずつ知っていることだ。お互いのパスワードは知らない。二人でこの仕事をはじめたときに決めたルールだった。金を勝手に持ちだせないようにするための工夫だ。

いつもの手順で金庫を開けた。中には、これまで貯《た》めた札束が入っている。池谷は五つの札束を、金庫の中に入れて閉じた。

「全部でいくらになった?」と阿賀里が聞いた。

「五千九百万だな」

「じゃあ、あと少しでハワイだ。ヒャッホー!」

阿賀里は小躍りした。金庫室を後にして、銀行を出た。

もう六年になるのか、と池谷は思った。

表向き、探偵事務所をかまえている。社員は二人だけ。だが、そっちの収入は微々たるもので、本業はゆすり屋だ。

探偵業で得た個人情報をもとに、金をゆすり取る。

特に、今回のような浮気調査は割りがいい。夫の社会的地位が高いほど、ゆすりは成功しやすい。調査依頼は妻からだが、浮気の証拠をつかんだら、夫に取引を持ちかける。妻の依頼料は二十万だが、夫をゆすれば五百万になる。

しかし、こんなにうまくいくことはまれだ。骨折り損のくたびれ儲《もう》けで、何も得られずに怪我だけしたケースもあった。特に最初はしくじりの連続だった。試行錯誤してノウハウを獲得し、今のスタイルを築きあげた。特にここ数年で、二人の演技力とコンビネーションは磨きがかかった。

そうして貯めた金が、五千九百万。

必要経費と生活費を引いて、残りは金庫におさめてある。あぶく銭だけに、浮かれて無駄な豪遊に費やしてしまいそうだったし、また、派手な金の使い方をすることで足がつく可能性もある。ゆすり屋稼業である以上、目立つことはしたくない。そこで一定額が貯まるまで、質素な暮らしをすることに決めた。

目標額は六千万。そこまで貯まったら半分に分けて、それぞれビジネスをすることを考えていた。

阿賀里はハワイでサーフショップを開くつもりのようだ。スキューバダイビングも釣りも好きで、船舶免許も持っている。大好きな海で毎日過ごしたい、という単純明快な夢を持っている。

気づけば、池谷も三十歳。阿賀里は一つ年下。

出会ったのは七年前になる。

池谷は大学卒業後、一度は就職している。しかし上司が最悪で、ノルマがきつく、残業が毎日。社内競争が激しく、同僚たちは足の引っぱりあいに終始していた。

池谷はいじめられやすい性格だ。虚弱体質で、運動が苦手。腕立て伏せは五回しかできない。一キロ走っただけで、具合が悪くなる。不摂生なうえに、偏食家。そのころは仕事のストレスでアルコールに溺《おぼ》れた。

それにもかかわらず、ナルシストである。

自分が好きで、自分さえよければいい人間だと自覚している。プライドは高いが、根性はない。負けず嫌いだが、努力して勝とうとするより、負けたくないから先にずらかるほうに気持ちが向く。ほめられて伸びるタイプで、叱《しか》られるとモチベーションが下がる。気の強い女が嫌いで、媚《こ》びてくる女が好き。嫌なことがあると、根に持つ。なにより人に使われるのが嫌い。指示や命令されるのも嫌い。

会社勤めなど、どだい無理だったのだ。上司のいびり、同僚たちの蔑《さげす》みに耐えられなくなり、会社は一年で辞めた。

しかし、その一年間の社会経験は貴重だった。池谷は、自分がどういう人間かを骨の髄まで知った。

阿賀里は真逆である。健康体で、生まれつき筋肉質。ポジティブで、物怖《ものお》じしない。できないくせに、できると放言できるタイプだ。それでいて、できなくても、恥じるでもなく、へらへら笑っていられる。頭が悪く、プライドがない。いじめられはしないが、いじられるタイプではある。

喜怒哀楽がシンプルだ。百円玉を拾って「喜」び、犬の糞《くそ》を踏んづけて「怒」り、人が病気で死ぬドラマを見て「哀」しみ、公園のすべり台で大いに「楽」しめる。脳が幼稚園児のまま成長していない。人情家で涙もろく、困っている人がいると、手をさしのべずにはいられない。思考力がゼロで、人を疑うことができない。逆に言うと、おそろしく素直で、言われたことはちゃんとやる。

何も考えていないからか、演技力だけはたいしたものだ。野間口のときも、親分に怒鳴られておろおろする子分の演技がはまっていた。

阿賀里は中学卒業後、ずっとバイト暮らし。しかし店の肉まんを勝手に食べてクビになるなど、ダメ人間ぶりを発揮して何も続かなかった。

池谷も阿賀里も社会のゴミだった。

出会ったのはバイト先だ。

池谷は会社を辞めたあと、イベント設営のバイトをしていた。そこに阿賀里がいた。阿賀里は人のよさを発揮して、池谷になついてきた。初めは阿賀里のべたべたしたところが好きではなかったが、体力のない池谷の分の仕事を手助けしてくれたりして、次第になかよくなっていった。

しかしそのバイトは半年で終わった。人員整理がおこなわれ、リストラされたのが池谷と阿賀里だった。

一緒に無職になり、やけになって、最初にやったのが置き引きだった。

観光地に行って、油断している観光客を狙った。荷物を離した隙に、荷物ごと金品をかっさらうという単純なものだ。

指示を出すのが池谷、実行するのが阿賀里。

池谷が知恵を絞って、犯行計画を練る。防犯カメラの位置や警備態勢を把握して、死角を探す。そして「行け」という指示で、阿賀里が動く。

池谷は、頭の中で完璧な計画を立てられたとしても、実際にそれを実行に移すと、運動神経がないので、あわててミスったり、ありえないところで転んだりする。しかし阿賀里にそれはない。阿賀里は生まれてこのかた、一度も緊張したことがないという強心臓の持ち主だ。運動能力の高さは折り紙つき。自分で考える脳はないが、指示を与えれば的確に行動する。

お互いの長短を噛みあわせた、理想的なコンビだった。

しかし単純な置き引きでは、たいした金にならない。より儲かる方向へシフトしていくと同時に、二人のコンビネーションも改良されていった。同じ犯罪を続ければ、いずれ足がつく。手を変え、品を変え、場所ややり方を変えて、工夫してやってきた。いつしか現在の形になった。

そして六年が過ぎた。

二人は現在、同じマンションの一室に暮らしている。無駄な金は使わず、目標金額を貯めることを優先してきた。

目標の六千万まで、あと少し。社会のゴミがコンビを組んで、ここまで来た。

適材適所とは本当だ。最初に勤めた会社に残っていたとしても、こんなに貯金はできていない。自分の能力を発揮できる場所を見つけることがいかに大切か。池谷は、人に使われるのは苦手だが、阿賀里のような男を使うのはうまい。阿賀里にしても、池谷に使われることで有用な人間になっている。

だが、いつまでもこんなことはやっていられない。

この六年で、神経をすり減らした。

度胸も根性もなく、努力家でもない池谷が、ここまでやってこられたのは、六千万を貯めるまでは頑張ろうと、期間限定の努力と定めていたからだ。

薄氷を踏むような毎日だった。

踏み外したら、地獄へまっさかさま。それが明日かもしれないし、今日かもしれない。

その恐怖と戦いながらの六年だった。

「オサムくん。コンビニ寄っていい?」

帰り道、阿賀里が聞いてくる。ゴリラみたいな体格のくせに、何をするにもいちいち池谷に断りを入れてくる。

「いいよ」

阿賀里はルンルン気分で、コンビニに入っていった。

池谷は阿賀里の背中を見つめていた。

「そろそろかな」

「ん、なに?」阿賀里が振り向く。

「いや、こっちの話」

五千九百万まで貯まった。そして三十歳の節目。ここが潮時だ。

阿賀里を殺そう。

六年間の相棒の顔を見つめ、心の中でつぶやいた。


自宅に帰り、玄関を開けた。

いきなり猫が殺到してくる。阿賀里は猫の頭を一匹ずつなでていく。

「ただいまー、いい子にしてた？　太郎《たろう》、二郎《じろう》、三郎《さぶろう》、小太郎《こたろう》、クロ、シロ、アオ――」

すべて阿賀里が拾ってきた捨て猫だ。

かわいそうな動物を見ると、放っておけず、拾いも拾ったり、十三匹。ペット禁止のマンションなのだが、内緒で飼っている。

猫はみな、阿賀里のもとに集まる。池谷には近寄ってこない。池谷は猫が嫌いだった。というか、猫アレルギーだ。

池谷は部屋に入った。

部屋はリビングと寝室だけ。寝室は池谷専用の個室と決まっている。阿賀里は十三匹の猫とともに、リビングのソファーで寝ている。

阿賀里と暮らして六年。

最初は純粋に金がなくて、二人で同居するしかなかった。

基本的に、家事は阿賀里の担当だ。阿賀里はバイト歴が長い。飲食店、清掃会社、クリーニング店など網羅《もうら》していて、料理、掃除、洗濯なんでもできる。言いつけをよく守る阿賀里との生活は快適といっていい。

ただ、猫ストレスがすごい。この狭い部屋に十三匹もいれば、どこにいても必ず視野に入る。身体がかゆくて仕方ない。

阿賀里を殺したら、猫も殺処分しよう。殺鼠剤《さっそざい》でも飲ませるか。そんなことを考えながら、部屋着に着替えた。

阿賀里はエプロンをつけ、台所に立っていた。

「夕飯作るよ。オサムくん、なに食べたい？」

「んー」

「あまり食欲ないの？」

「ああ、最近、何を食べても、胃にもたれるんだよな」

最近、だるい。胃がむかむかし、何かを食べると嘔吐感をもよおす。便がゆるく、暑くもないのにじっとり汗をかいていたりする。

「じゃあ、軽く食べられる鍋《なべ》にしようか」

「そうだな」

阿賀里は手を消毒し、料理に取りかかった。冷蔵庫から鯛《たい》を一匹取りだして、鱗《うろこ》落としからはじめる。

時間がかかりそうだな、と思った。

さすがは海を愛する男。魚を一匹まるごと買ってきて、手際よくさばく。鱗を落としたあと、三枚おろしにする。

頭は悪いが、好きなことには熱中するので覚えは早い。

ふと阿賀里の手元を見て、気づいた。

「ん、包丁買ったのか?」

「うん。ステンレス製の包丁じゃ、魚をおろすのが難しくてさ。やっぱり包丁は、鍛冶《かじ》職人が叩いたやつがいいよね」

銀色に輝く出刃包丁《でばぼうちょう》には、銘まで入っていた。

「いくらしたんだ?」

「そんなに高くないよ。二万円くらい」

「そんなものなのか」

阿賀里は楽しそうだった。

料理は得意だが、それは手際の話であって、舌はバカだ。塩や油を使いすぎる。盛りつけもひどい。職業としての料理人にはなれないだろう。

料理は阿賀里にまかせ、池谷はグラスとウイスキーのボトルを取った。リビングのソファーに座り、ちびちびやった。

猫たちは離れたところで眠っている。

後頭部から首にかけて重くなってきた。頭痛が忍び寄る予兆だった。

「できたよー」

小一時間ほどして、阿賀里が鍋を運んできた。阿賀里が好きな具材だけつめ込んだ、辛味海鮮鍋である。

しかし箸は進まない。胃が重い。食べ物が胃に入る感触だけで気持ちわるくなり、リバースしそうになる。

「オサムくん、食欲ないね。それになんか、顔が黄色いし」

中卒の阿賀里は、言葉のチョイスが時々、変だ。普通であれば「青白い」とでも表現するところだが。

「心配ないよ」

「目の下に隈もできてるし、眠れてないの?」

「ああ、おまえのいびきがうるさくてな」

「あ……、ごめん」阿賀里は首をすくめた。

「いや、冗談だよ」

「一度、病院で検査したら?」

「そうだな。そうしたほうがいいかもな」

腹五分目だけ食べて、食事を終えた。それからウイスキーを三杯飲んだ。アルコールだけはいくらでも入る。

大食いの阿賀里は一人でばくばく食べた。最後は雑炊にして平らげた。それから猫に餌《えさ》をやり、夕食の皿を洗っていた。

「もう眠るかな」

野間口へのゆすりは、大きな仕事だった。過去最高のゆすり額である。そのぶん神経を使った。五百万の入金を確認し、緊張から解放された。まだ油断はできないが、とりあえず一息はついた。

池谷は重度の不眠症だった。心療内科に通い、睡眠薬を処方されている。薬がないと、まったく眠れない。眠気はあるのだが、どうしても眠れない。

一・五回分の睡眠薬を口にふくみ、ウイスキーで流し込んだ。最近は一回分では効かなくなった。

「オサムくん、俺にも睡眠薬ちょうだい」

「ん、またか?」

「最近、なんか俺も寝つけないんだよね」

阿賀里も能天気なりに、プレッシャーがあったのだろう。犯罪稼業も楽ではない。それどころか、一般市民よりはるかにストレスは多い。

本来、二人とも生まれついての犯罪者ではない。

まっとうに生きても、うだつの上がらないダメ人間同士、手を取りあい、苦肉の策として、ゆすり屋稼業にたどり着いた。何の後ろ盾もない二人が、小細工とはったりだけで、荒波を乗りきってきた。

命がけだった。警察に捕まることもそうだが、なにより敵の報復が怖かった。つねに自分より力の強い相手に喧嘩を売っているのだ。

こんな仕事、すぐにでもやめたい。それが本音だ。

阿賀里の神経も、限界に近いのかもしれない。最近、眠れないとよく訴えてくる。野間口にしかけるまえに、睡眠不足ではまずいから、そのつど睡眠薬を渡してきた。これで四度目だ。

仕事が完了して、一息ついたとはいえ、身体にはまだ緊張が残っていて、なかなか眠れなかったりする。

阿賀里に一回分の睡眠薬を渡した。

「じゃあ、俺は寝るわ」

「うん、おやすみ」

洗面所で歯を磨き、寝室に入った。

護身用ナイフを取りだし、枕《まくら》の下に忍ばせる。普段はズボンのポケットに入れてある。いつどこで襲われるか分からない。武器がつねに手に取れる位置にないと、安心できなくなっていた。

熟睡できないのは、この強迫観念のせいもある。野生動物みたいに、完全に熟睡することはなくなっていた。

ベッドにあおむけになり、電気を消した。

睡眠薬とアルコールの効果で、意識がまどろみはする。

しかし、そこから眠りに落ちていかない。ぐらぐら揺れてはいるが、落ちそうで落ちない果実みたいだ。睡眠薬を使いすぎて、耐性ができてしまった。一・五回分の睡眠薬でも効かなくなっている。

いよいよ阿賀里を殺す。そこに向かって、緊張が高まっているせいもある。

阿賀里殺害を考えはじめたのは、半年前からだ。その決意は、時間が経つにつれて、ますます強くなっていった。

阿賀里に三千万はもったいなさすぎる。ハワイのサーフショップ経営など、うまくいくわけがない。趣味の延長でやるビジネスの末路は知れている。

三年もたない、と池谷は見ていた。

血を吐く思いで貯めてきた三千万を、ドブに捨てたあげく、どうにもならなくなった阿賀里が頼りにできるのは池谷だけだ。絶対に池谷に泣きついてくる。阿賀里は共犯者だ。阿賀里がボロを出せば、池谷にも手錠がかかる。放ってはおけない。

阿賀里が憎いわけではない。しかし池谷には池谷の人生がある。阿賀里のお守《も》りをいつまでもやっていられない。

阿賀里とはこれでおさらばだ。

問題は、金庫のパスワード。

阿賀里を殺すだけなら難しくはない。そして拾ってきた猫同様、阿賀里には身寄りもない。この世界から消え去っても、誰も探しはしない。

しかし殺すまえに、金庫のパスワードを聞きださなければならない。でないと、金を取りだせなくなる。

銀行の貸金庫を利用したのは、どちらも勝手に金を持ちだせないようにするためだ。二人で仕事をはじめたとき、正直、六年間も一緒に行動するとは思っていなかった。また、その時点では、稼いだ金は山分けするつもりだったので、二つのパスワードを一つずつ持つという方法で問題なかった。

しかし六千万まで貯まり、しかも阿賀里が三千万をドブに捨てることが明白な以上、なんとしても横取りしたい。たとえ殺してでも。

問題は、どうやってパスワードを聞きだすか。

ぱっと思いつくのは、拷問だ。

阿賀里を縛りあげ、拷問してパスワードを吐かせる。

しかし、これは難しい。大前提として、阿賀里に腕力では勝ち目がない。アナコンダとミミズくらいの差があると考えていい。

睡眠薬で眠らせているうちに手錠をかけることはできるかもしれない。しかし手錠だけでなく、両足を縛り、胴体をぐるぐる巻きにして、さらに柱にくくりつけるくらいでないと安心できない。

睡眠薬は麻酔とは異なる。ドラマだと麻酔のように昏睡するが、あれは事実ではない。身体をゆすれば、目を覚ます。身体を縛りあげている途中で目を覚まされたら、目も当てられない。

仮に縛りあげることに成功したとしても、パスワードを吐くかは分からない。阿賀里には根性がある。殴ろうが蹴ろうが、意地になったら死んでも吐かない可能性が高い。バカ声で叫ばれても困る。ナイフを突きつけても、バカだから恐怖を感じないかもしれない。舌を噛みきって死ぬ恐れさえある。

恐ろしいのは、阿賀里の動物的本能だ。暴《あば》れる猪《いのしし》のごとく、野性をむきだしにしたら手に負えない。

基本的に池谷は、肉体を使った戦闘には向かない。力ずくの方法でパスワードを聞きだすのはリスキーと判断するしかない。

だとしたら、なにか口実を考えるか。

たとえば池谷が難病にかかり、その治療に六千万かかるとか。要するに、今度は阿賀里を詐欺《さぎ》にひっかける。

だが、これも難しい。確かに阿賀里には、捨て猫を拾ってきて育てるといった人情家の一面もある。しかし金に関してはドケチだ。たとえば日々の生活費は二人で完全に折半している。食費は、どう考えても阿賀里のほうがたくさん食べているが、必ず割り勘になっている。

たとえばだが、池谷が風邪をひけば、阿賀里は薬を買ってきてくれはする。パシリ体質なので、頼むと気前よくやってくれる。しかしかかった費用は、厳密に領収書つきで請求してくる。絶対におごらない。

猫の餌代は、阿賀里が払っている。だが池谷は、猫アレルギーがあるため、空気清浄機を買った。その金を払ったのは池谷だ。そもそも阿賀里が猫を拾ってくるから空気清浄機が必要になったのだが、だとしても池谷の必要性で買ったものに対して、財布を開く道理はない、という顔だった。

ルーズなくせに、金にはうるさい。池谷が難病にかかったとしても、阿賀里が気前よく金を出してくれる可能性は、池谷の実感ではゼロだ。

阿賀里の頭には、ハワイのサーフショップしかない。

阿賀里なりに六年間、そのために頑張ってきたとも言える。

第一、難病で治療費がかかるなどと言っても、それをどうやって信じ込ませればいいのか。阿賀里の性格からいって、それなら一緒に病院に行って医者の説明を聞く、と言いだしかねない。

基本的に、ケチな人間を詐欺にひっかけるのは難しい。バカだから詐欺にひっかかりやすいということではない。

曲がりなりにも相棒だ。阿賀里の性格は知り抜いている。

妙案はないか。

ふと思った。猫はどうか。

阿賀里にとって大事なもの。第一にサーフショップ。第二に十三匹の猫。

猫を誘拐して、身代金《みのしろきん》を要求するのはどうか。

阿賀里が不在のうちに、猫を誘拐する。そして脅迫状が届く。猫の命が惜しければ、六千万払え、と。

その状況になって、阿賀里が頼りにできるのは池谷だけだ。

六千万は犯罪収益である。まともな仕事に就いていない二人が、なぜそんな大金を持っているのかと疑われるから、警察には頼れない。

あとは池谷の自作自演で進める。犯人側と被害者側を同時にやれるので、シナリオはいくらでも作りようがある。阿賀里を誘導するのはたやすい。

問題は一つ。阿賀里といえども、猫に金を出すか。

分からない。出すような気もするし、出さない気もする。

猫誘拐計画を考えているうちに、時間が過ぎていた。

結局、夜明けまで寝つけなかった。一・五回分の睡眠薬すら効かなくなっている。日が昇ってから、わずかだけ浅い眠りについた。

目が覚め、ベッドから出る。すごい頭痛がした。そして毎朝の恒例となった嘔吐。トイレに行って吐いた。

朝の九時だった。

洗面所に阿賀里がいた。髪に整髪料をつけて整えている。

「おはよう、オサムくん」

「ああ」

「朝ごはんは?」

「いらない」

「オサムくん、今日、仕事ないよね」

「特にない。当面は次のターゲット探しだからな。どこかに出かけるのか?」

「うん。帰り、遅くなるかも」

珍しい。どこに行く、と言わない。いつもなら子供が親に報告するように、どこに行って、何時に帰るかまで言うのだが。

しかも髪をきちんと整えている。服装も、奮発して買った各二万円のジーンズとジャケットだ。鏡で自分の顔を見ながら、自然とにやけている。

阿賀里は十三匹の猫に一匹ずつあいさつしてから、「行ってきまーす」と大声で叫んで出ていった。

阿賀里の様子が変だ。なにかある。

この仕事で大事なのは情報収集だ。敵の細部まで深く知ること。

次のターゲットは阿賀里。

玄関のドアが閉まったあと、池谷はすばやく動いた。

私服に着替え、軽く変装する。ひげに眼鏡《めがね》、かつらをして帽子をかぶる。すばやい着替えは探偵の必須《ひっす》科目だ。

護身用ナイフをズボンのポケットに忍ばせて、外に出た。

阿賀里はバイクを持っているが、今は修理に出している。ケチなのでタクシーは使わない。遠出なら電車だ。

最寄り駅まで五百メートル。小走りで追った。

阿賀里はがに股《また》なので、歩くのは遅い。すぐに追いついた。

わずかな距離を走っただけなのに、ひどく息切れする。阿賀里を見つけてからは、距離を取って尾行した。

駅に入り、電車に乗った。

阿賀里は警戒心がなさすぎる。尾行者に気づいた様子はない。

電車を乗りかえ、原宿《はらじゅく》駅で下りた。

阿賀里は駅前で立っていた。待ち合わせだろうか。しかし友だちらしい友だちはいないはずだが。

遠くから見ていると、阿賀里に一人の女性が近づいていく。

細身の女性で、長い黒髪。年は二十代前半。

理系の女子大生っぽい雰囲気で、几帳面《きちょうめん》そうだ。チェスターコート、スキニーデニムをきっちり着こなしている。かなりの美女と言っていい。安い服を着ていても、高級に見えるタイプだ。

しばらく二人でしゃべっていた。阿賀里はでれでれ顔。湯気が出そうなほど上気して、笑っている。

二人は手をつなぎ、表参道のほうに歩いていった。

「あいつ、彼女がいたのか」

どこの誰なのか、いつどこで知り合ったのかは不明だ。

阿賀里はあれで意外ともてる。愛嬌《あいきょう》があり、従順で、料理や掃除が得意。バカだが、そこがかわいいと、年下のインテリ女子からもてたりする。

「あの野郎、女がいることを俺に隠してやがった」

嫉妬《しっと》が芽生《めば》えた。だが、すぐに思考を切りかえた。

あの女をうまく利用できないか。

一週間の調査で、女の素性はある程度把握できた。

名前は、中岡芽以《なかおかめい》。T大心理学部の三年生だ。文京区《ぶんきょうく》内のマンションに一人暮らししている。

基本は大学で勉強。アナウンス部に所属している。そのサークル活動の一環で、老人ホームで昔話の朗読会などもしている。

田舎《いなか》っぽさの残る、清純な女性だ。

笑うときに口元を隠す動作に、育ちのよさを感じさせる。ほんわかした笑顔が年寄りを安心させるのか、老人ホームでは一番人気だった。

親が裕福なのか、バイトはしていないのに、家賃は十万を超える。服装は地味ながら、高級品だったりする。

しかし情報は少ない。

SNSで調べても、彼女の情報は出てこなかった。大学は個人情報保護が徹底されているため、家族構成などは分かっていない。彼女自身のガードも固い印象を受けた。ブログでプライベートをあけすけに披瀝《ひれき》するような女ではない。

一週間尾行して、私生活を少しのぞいただけで、まだ接触はしていない。

阿賀里はメロメロだ。犬みたいになついている。尻尾を振り、喜んでジュースを買いに行ったりする。

しかし、さすがは阿賀里。デート中の飲食代はすべて割り勘だった。

二人がどこで知り合ったのかは分かっていない。阿賀里はともかく、なぜ中岡が阿賀里を好きになったのかも謎である。まあ、ボランティアに喜びを見いだす女だ。ダメ男の世話を焼くことにも喜びを見いだすのかもしれない。

気になるのは阿賀里だ。

彼女ができたことを、なぜ池谷に隠すのか。

これまでも阿賀里に彼女ができることは何度かあった。阿賀里は嬉《うれ》しさのあまり、すぐに報告してきた。というか、好きな女ができた時点で（少し親切にされただけで好きになる）、舞いあがって話をしてきた。

しかし中岡のことは隠している。

阿賀里なりに気を使っているのかもしれない。彼女いない歴三十年の池谷がひがむからだ。確かにのろけ話を聞かされたら、嫉妬で不機嫌になるのは否めない。池谷には話さないほうがいいと、阿賀里なりに学習したのかもしれない。

それはどうでもいい。

ともかく、あの女をうまく利用できないか。

ふたたび誘拐計画が浮上する。

いろいろ考えたが、やはり猫では無理だ。いくら阿賀里でも、猫に身代金は払わない。

しかし、この女ならどうか。

実感としては、勝算は高そうだった。

阿賀里がこれまで付き合ってきた女は、みなブスだった。しょせんは、阿賀里程度の男としか付き合えない女。外見も中身も下の下。

しかし中岡は上の中。磨けば、さらに光るポテンシャルを持っている。もっといい男と付き合えそうなのに、なぜ阿賀里なのかと誰もがうらやむほどの美女だ。阿賀里からすれば、逃がした魚は大きいということになる。阿賀里が今後、中岡以上の女と付き合える可能性はほぼない。

女を救うためなら、阿賀里も男気を見せて、金を出すのではないか。

まず女を誘拐する。そして女の携帯を使って阿賀里に、もちろん声を変えて、身代金を要求する。パニックになった阿賀里が、頼りにできるのは池谷だけだ。あとはこれまでの例からいって、池谷の言いなりになる。

阿賀里にこう言ってやろう。

「そうか。恋人がいたのか。その彼女が誘拐されたんだな。分かった。彼女を助けるためなら仕方ない。身代金を払おう。俺の金も出してやる。なあに、おまえの恋人なら、俺の家族も同然だ。誘拐犯は誰かって？　俺たちが過去にゆすった誰かかもな。俺たちの素性を突きとめ、やばい筋に依頼した可能性もある。ともかく彼女の命が優先だ。敵の素性が分からない以上、今の俺たちでは戦えない。ここは身代金を払う。彼女を助けたあとで、奪い返せばいいさ。じゃあ、まず金庫から六千万を出して――」

口からでまかせで言いくるめ、金庫から金を出してしまえば、こっちのもの。阿賀里はその場で殺す。もちろん中岡も。

おおまかな青写真はできた。あとは細部を詰めていくだけだ。もう少し中岡の情報が欲しいところだが。

決行は十日後に決めた。

その日の調査を終え、家に帰った。自宅に戻ると、阿賀里は頭にタオルを巻き、ジャージ姿でなにか作業をしていた。

「おかえり、オサムくん」

「なにしてんだ？」

「これ、見てよ」

阿賀里は、池谷の寝室を指さした。

寝室の壁一面に、真っ白な壁紙が貼《は》られていた。いや、壁紙というより、厚手のマットに近い。指で押してみると、かなり弾力がある。

「なんだ、これ？」

「防音素材でできた壁紙だよ。ほら、オサムくん。俺のいびきのせいで眠れないって言ってたでしょ」

つなぎ目が分からないくらい、きれいに貼られていた。音の振動を吸収する素材でできていて、楽器を弾《ひ》く人などが利用するということだ。阿賀里なりに、池谷の安眠を妨害していることを気にしていたらしい。

「いくらかかった？」

「壁材だけで三万円。工事費はタダでいいよ」

やはり池谷が払うらしい。そうじゃないかと思った。

「オサムくん、中に入って。どれくらい音が聞こえるか、試しに俺が外から大声で叫んでみるから」

「ああ」

池谷は寝室に残り、阿賀里は出た。

ドアを閉じた瞬間、静かになる。耳栓をしているような感じだ。

普段はドアを閉じていても、リビングにいる阿賀里の生活音が聞こえてくる。今はまったく聞こえない。

寝室のドアが開き、阿賀里が顔を出した。

「聞こえた?」

「いや、ぜんぜん」

「じゃあ、完璧だね」

「どれくらいの声で叫んだ?」

「オサムくーん!」

五十メートル先の人に呼びかけるくらいの音量だった。これだけの大声でも聞こえないなら、いびきなんてまったく聞こえなくなるだろう。

「じゃあ俺、メシ作るよ」

阿賀里が台所に立ち、夕食の準備にかかった。

池谷はウイスキーのボトルを取り、リビングのソファーに座った。三匹の猫を、阿賀里が見ていないことを確認して、蹴ってどかした。憎たらしいこいつらとも、まもなくおさらば。大好きな阿賀里と同じ棺桶《かんおけ》に入れてやろう。

夕食ができて、テーブルに並んだ。

今日も海産物が多い。魚介たっぷりピラフ、エビチリ、豚汁。統一感のないメニュー。まずくはないが、大味で胃にもたれる。

食が進まず、アルコールばかり進んだ。身体の調子がよくない。また体重が落ちた。食事量は九対一なのに、食費が折半なのも腹立たしい。

阿賀里は一人、ばくばく食べている。

いよいよ阿賀里殺害計画に着手する。手の平に汗がにじんだ。

池谷は、勝てる喧嘩しかしないタイプだ。勝算が八割を超え、運わるく二割のほうに転がっても、逃げ道は用意してある。そういう場合にだけ喧嘩をしかける。性格は徳川家康《とくがわいえやす》に近い。外堀を埋めてから、本丸に侵攻する。臆病《おくびょう》であるがゆえに、ホトトギスが鳴くまで待つことができる。

しかし今回は大勝負。人生の勝利者となるためには、人生で一度くらいは博打《ばくち》に勝たなければならない。

ウイスキーを飲みながら、頭の中で誘拐計画を練り直していた。

問題は三点。

第一に、中岡の監禁場所。近辺で、誰にも見られずに連れ込めて、脱出不能で、人声で叫ばれても大丈夫な場所。

第二に、死体処理法。中岡はともかく、巨体の阿賀里をそのまま持ち運ぶのは難しい。死体を解体する必要があるかもしれない。

第三に、殺害方法。できれば血を流すような手荒な真似はしたくない。理想は毒殺。しかしどうやって致死量の毒物を手に入れるか。

アイデアはいくつか浮かんだ。条件を満たすアイデアが浮かぶまで、延々と思考をめぐらす。

トイレに立った。

最近、尿が近い。緊張のせいで喉が渇き、水を飲んでいるからかもしれない。尿はなんか黄色いし、妙に泡立《あわだ》つ。

やはり病気かもしれない。ひと段落したら、健康診断を受けたほうがよさそうだ。

リビングに戻り、ソファーに座った。

ウイスキーのボトルは空になっていた。グラスに残っていたウイスキーを飲みほした。

しばらくすると急に眠気がきた。

久しぶりの睡魔だ。さっと布団に入ったほうがいい。

「じゃあ、俺、寝るわ」

「うん。おやすみ、オサムくん」

阿賀里は池谷に向かって、にっこり笑った。

歯だけ磨いた。睡眠薬を飲み忘れていたことを思い出した。今日はいい感じに眠気が来ている。睡眠薬を二回分服用した。

寝室に入り、ベッドに寝転がった。

護身用ナイフを枕の下に忍ばせて、電気を消した。

防音素材の壁紙が貼られた部屋。よく見ると、天井にも貼られている。

丸一日、中岡を尾行した。身体はがっつり疲れている。

しかし、いい女だったな。

あんな女と付き合ってみたい。色白で清楚で、胸は小ぶり。女は巨乳より微乳のほうがいい。

阿賀里の奴、どこで知り合ったのか。長続きはしないものの、阿賀里にはちょくちょく女ができる。

彼女ができたことを隠しているのも気に入らない。池谷がひがむと思っているのだ。阿賀里に同情されているようで腹立たしい。

池谷は、女とまったく縁がない。

貧相な顔で、学生時代のあだ名は「枯れ木」「干物」「乾燥わかめ」。共通しているのは水分がないこと。干からびた顔なのだ。乾燥肌なのではなく、印象としてそう見えるということだ。

自分は醜い顔なのに、女は美人が好き。和風で控えめで、男に逆らわない女がいい。女に対する要求水準が高いことも、彼女ができない要因の一つだ。

しかし男は顔ではない。金と地位だ。今は雌伏のとき……。

意識がまどろんできた。

二回分の睡眠薬が効いている。防音効果もある。普段なら、阿賀里の生活音やいびきや独《ひと》りごと（猫によく話しかける）が聞こえて、眠れない。不眠症の原因の半分は、阿賀里にある。しかしその音が、今はまったく聞こえない。

今日は熟睡できそうだ。

が、すっとは眠れない。いつもそう。あと一押しのところで眠りに落ちない。

いつしか考えごとをしていた。

思考が深まるのは夜。

暗闇でベッドに横になっているときが、もっとも脳が回転する。

この六年間を思い返す。

成功も失敗も、達成も挫折《ざせつ》も、阿賀里とともにあった。

最悪の思い出は、暴走族に襲われたこと。

ゆすった相手が悪く、そのいとこが暴走族のメンバーだった。

夜道で襲われた。こちらは池谷と阿賀里だけ。敵は十人を超えている。

多勢に無勢だったが、阿賀里は勇敢だった。一人で敵に立ち向かい、一人を倒し、さらに一人倒した。そうして敵の目を自分に引きつけているうちに、「逃げて！」と池谷に目でサインを送った。

池谷は阿賀里を見捨てて逃げた。駆けだしたとき、阿賀里は金属バットを持った集団に袋《ふくろ》叩《だた》きにされていた。

池谷は難を逃れ、一人で自宅に帰った。

その二時間後、阿賀里は血まみれで帰ってきた。誰か分からないくらい、顔面が腫れていた。それなのに、一人で逃げた池谷を責めることなく、むしろ池谷が無事だったことに安心して、笑顔さえ浮かべた。

そう、阿賀里はいい奴なのだ。

阿賀里はかわいげのある男だ。池谷を信頼し、手となり足となり働いてくれた。人生で初めて池谷を慕《した》ってくれた人間だった。

池谷は、親にも誰にも愛されたことがなかった。人から好かれるってこういう感じなんだと、初めて教えてくれたのが阿賀里だった。

阿賀里はバカだし、汚い猫を拾ってくるし、ケチだ。足もたくさん引っぱった。それでも頑張って池谷に尽くしてくれた。ネガティブで心配性な池谷を、ポジティブで楽観的な阿賀里が引っぱってくれていたように思う。

ありがとう、阿賀里。でも、さようなら。

おまえはもう用済み。第一、阿賀里の働きに三千万の価値はない。頭を悩ませ、必死で考え抜き、計画を立てたのは池谷だ。阿賀里は言われたことを忠実にやっていただけ。取り分は、九対一くらいが妥当だ。

本来、阿賀里のほうからそう言ってくるべきなのだ。ここまで来られたのはオサムくんのおかげ。だから九割はオサムくんが受け取ってよ、と。いや、八対二までは譲歩してやってもいい。それなら殺そうとは思わない。

阿賀里の短所はケチなことだ。それゆえに死ぬことになる。

大食いで、お人好《ひとよ》しで、涙もろい阿賀里。すてきな六年間をありがとう。すべてが済んだら、苦しまないように安楽死させてあげよう。そして中岡と猫と一緒にコンクリート詰めにして、大好きな海に捨ててあげよう。

なんか気持ちいいなあ。

静かだ。身体が溶けてしまいそう。

ゆすり屋はもうやめる。

本来、池谷には無理なのだ。臆病で、病弱で、戦闘力ゼロ。そんな人間は犯罪者には向かない。その代償が不眠症である。いつかは神経をすり減らし、軽率なミスをやらかして刑務所行き。

そうなるまえに手を引くべきだ。

今は六千万ある。大金だが、一生遊んで暮らせるほどではない。これを元手に資金をふくらませることを考えよう。

株投資もいいかもしれない。しかし自分の神経の細かさからいって、リスキーな投資には向かない。ビジネスは堅実にやるにかぎる。大きな勝負はしない。小さい勝負をくりかえして、勝率を五割以上に持っていく戦い方をする。

自分のこざかしさを生かすのだ。

店を経営するのはどうか。

ローリスクの経営といえば、やはりコンビニか。

コンビニ一軒経営するのに、頭金で五百万あれば足りるらしい。五千万をつぎ込んで、十軒経営する。それを地道に増やしていくのもいい。

欲は出さない。みんな短期間で大金持ちになろうとして失敗するのだ。

金が手に入ったら、次は女だ。上品で清楚で、胸が小さくて、自分の言いなりになる女がいい。まずはメンズエステに通う。いや、いっそ整形しよう。イケメンでなくても、せめて欠点の少ない顔にする。

池谷の長所は、自分をよく知っていることだ。

俺は小物だ。せこく生きるにかぎる。

コンビニを経営したら、バイトたちに社長と呼ばせよう。自分が働くのではなく、人を働かせて稼ぎたい。自分は左団扇《ひだりうちわ》で命令するだけ。

AIをいちはやく活用しよう。コンビニはやがて無人販売店化する。客は欲しい商品をカゴに入れて、無人のレジの台に置く。自動的に金額が集計されて、ICカードかおサイフケータイで支払う。これなら人件費はかからない。

あとは立地だ。コンビニ経営は立地に尽きる。さっそくリサーチしてみるか。

夢が広がるなあ。ああ、人生はすばらしい。

そうだ。金持ちになったら、ハワイに阿賀里の墓を建ててあげよう。なんて優しいんだろう、俺って。

気持ちいいなあ。なんか、すごく気持ちいい。

池谷は、深い深い眠りに落ちた――

2

池谷は目を開けると、硬い椅子に座らされている。

椅子の背もたれに沿って、背筋をぴんと張り、ひざをそろえている。コルセットで無理やり身体を伸ばされている感じだった。

白い部屋にいる。

壁も天井も床も真っ白で、一瞬、かまくらの中にいるのかと思った。でも寒くはない。温度、湿度は快適で、マイナスイオンに満ちている。

空気がすがすがしく、肺を洗浄されているような気分になる。酸素カプセルに入っているような心地よさがあり、血圧や心拍数が正常な数値に戻っていく感じがする。効用の高い温泉に浸《つ》かっているみたいで、心と身体が癒《い》えていく。

非日常的な空間だった。まるで極楽浄土のよう。

目の前に少女がいる。

背を向けているので、顔は見えない。革張りの回転椅子に座り、デスクに向かって何かを書き込んでいた。

艶のある黒髪のショートカット。吸い込まれるような透明感のあるうなじ。後ろ姿だけで美女だと確信できる。

「あー、かったるぅ」

少女はペンを置いた。書き終えた紙に力強くスタンプを押し、「済」と書かれたノァイルボックスに放った。

首を軽く回してから、少女は振り向いた。

想像を超える美少女だった。

目も鼻も口も、眉《まゆ》も耳もひたいも、すべてが完璧な黄金比率におさまっている。出ばった箇所が一つもない。神の造形だ。

年は十代半ばか。見た目は中高生だが、大人の貫禄《かんろく》がある。ありていのことは経験したような内面の奥行きがある。

完璧なものを見ると、人間の思考は止まってしまう。奇跡に遭遇したかのように、目が少女に釘づけになった。

「閻魔堂へようこそ」と少女は言った。

「えっ」

「池谷修さんですね」

「ああ、そうだけど」

少女の服装は独特である。青のパーカ、オレンジのミニスカート、黄色のソックス、白のスニーカー、そして黒のライダースジャケット。

カラフルすぎて統一感がない。しかし美の魔力で、バラバラの個性を一つにまとめあげている。ファッションに対するこだわりは強そうだ。

なにより目を引くのは、肩にかけている真っ赤なマントだった。まがまがしい赤で、否応なく血を連想させる。血の匂いがしてくるようで、心が落ち着かなくなってくる。ファッション的にも意味不明。この一点だけ、強烈にずれている。

池谷は息を飲んだ。

美女は好きだが、ここまで美しいと気後れする。自分の容姿に引け目を感じて、正面から見られない。

少女に対して恋愛感情はわかなかった。一億円の高級時計を腕にはめる気にならないのと同じことだ。

少女はタブレット型パソコンに目線を落としている。

今、気づいた。なぜか身体が動かない。

動く箇所を確認してみる。手足は動かない。首から上は多少動く。見たり、声を出したりはできる。しかし首から下は動かない。感覚さえない。

少女は言った。

「あなたは父・池谷康夫《やすお》、母・英子《えいこ》のもとに生まれた。両親ともに望んでできた子供ではなかったため、愛されなかった。学生時代は影が薄かった。勉強はそこそこできるが、運動神経の悪さと、しょぼしょぼの顔のせいで、男女ともに人気がなかった。小六のとき、クラスの女子が選ぶキモ男ランキング一位、結婚できなさそうな男ランキング一位、刑務所に入りそうな男ランキング一位と、ネガティブ部門三冠を達成。きもいのは顔だけじゃない。小学生のころの趣味は、好きな女の子の縦笛をこっそり舐《な》めること。おえっ、気持ちわるっ、こいつ」

少女は、汚物を見るように池谷を見てくる。

「というわけで、今では存在を忘れ去られ、毎年おこなわれている同窓会のお知らせハガキも来ていない」

「そうなのか。まあ、来たところで行かないけど」

「大学卒業後、就職するも、薄給と慢性的残業と社内いじめに耐えられず、一年で退職する。ささいなことで挫折し、三年以内に会社を辞める今どきの若者の典型。ちなみに、あなたがいじめられるのは、その顔と性格のせいです。あなたの顔は、まわりをとても不愉快な気持ちにさせます。性格も根暗だし、人をねたむし、不満ばかりで、気に入らないと態度に出し、仕事をサボる、なまける、放りだす。口ばっかり達者で、言うことは一人前だが、中身はともなわない。あなたのその醜い顔とゆがんだ性格が、本来は善良であるはずの人々の心の奥底から、潜在的なサディズムを引き起こし、残酷ないじめっ子へと変貌《へんぼう》させるのです」

「そんなこと言われても」

「ただ、その会社で、あなたにとって転機となる出来事がありました。あなたの上司は、あなたのことが気に入らず、会社を辞めさせたいと思っていました。さらし者みたいに他の社員の前で怒鳴るなど、パワハラを敢行しました。そんないじめに耐えられず、あなたは会社を辞める決意をするのですが、そのまえにパワハラぶりを録音していました。そして、それをネタに上司を脅した」

「まあ、そうだけど」

「コンプライアンス全盛の時代、そんな録音が出回ったら、上司は立場がなくなる。悩んだ末、上司は百万円でそのデータを買いとりました。あなたはマスコミに告発することもできたし、裁判に訴えることもできました。しかしそれをしたところで、慰謝料は微々たるもの。溜飲《りゅういん》は下がっても、金にはならない。それなら百万で売ったほうがいい。いかにもあなたらしい発想です。この経験が、のちにゆすり屋としての自分を開眼するきっかけとなりました」

「その通りだけど、なんでそんなこと知ってんだ？」

「あなたは阿賀里勉と知り合い、ゆすり屋をはじめました。暴力は用いず、的確にターゲットの弱みにつけ込み、金をゆすり取る。その部分において、あなたは天才的な能力を発揮しました。この六年で金を貯めること、約六千万」

「ああ、六千万だ。長かった」

「と、自分の欲得を満たすためだけに、ひたすら姑息《こそく》に生きてきた池谷修さんでよろしいですね」

「まあな。その自覚はあるよ。でもなんで、そんなに詳しく知ってんだ？　俺しか知らないはずの情報もあったけど。君は誰？」

「沙羅です。さんずいに少ない、阿修羅《あしゅら》の羅です」

「沙羅ね。で、何者？」

「閻魔大王の娘です」

「エンマ？　えっ、あの地獄の番人とかいう閻魔大王のことか？」

「その閻魔です」

「なにそれ？　何の冗談だ？」

「冗談ではありません。閻魔大王というのは、人間の空想上のものではなく、実際に存在するもう一つの現実なのです――」

沙羅の説明が続いた。

人間は死によって肉体と魂が分離し、魂のみ霊界へとやってくる。ここは閻魔堂といって、霊界の入り口にあたる場所らしい。ここで生前の行いを審査され、天国行きか地獄行きかに振り分けられる。

本来はここに、沙羅の父、閻魔大王がいる。しかし閻魔大王は風邪をこじらせて療養しているため、娘の沙羅が代理を務めている。

「――というわけです。おおむね理解していただけましたか？」

「まあ、なんとか。ということは、俺は死んだの？」

「はい」

「でも、なんで？　ぜんぜん思い出せないんだけど」

「ええと、あなたの死因は……」

沙羅はタブレットに目をやった。おそらく電子版の閻魔帳なのだろう。池谷の生前の行いが詳細に記されているようだ。

「ぷっ」

沙羅は吹きだして笑った。池谷をコケにしたように、にやけ顔になる。

「なんだよ。何がおかしいんだよ」

「いえ、失礼。あなたの死に方がちょっと面白くて」

「そんなに面白い死に方をしたのか。まったく思い出せない」

「熟睡してましたからね」


うっすら思い出してきた。

夕食を食べたあと、ウイスキーを飲み、睡眠薬を二回分服用して、布団に入った。考えごとをしているうちに睡魔が襲ってきて、すっと眠れた。

でも、記憶にあるのはそこまで。

そこから心臓が止まるまでの過程が分からない。

「俺はなんで死んだんだ？」

「教えられません」

「なぜ？」

「当人が生前知らなかったことは、教えてはならないのが霊界のルールなのです」

「待ってくれよ。すごく気になるんだけど」

「とにかく死んだのは事実です。では、審判にまいります」

沙羅は足を組んだ。

「地獄行きです。さようなら」

「待てよ。いきなり地獄行きはないだろ。理由を聞かせろよ。あ、いや……」

自分が死んだという状況は飲み込めた。沙羅が閻魔大王の娘であることも。この状況なら信じるしかない。

沙羅は年下に見えるし、そう思って接してきたが、実年齢は不明だ。閻魔の種族が、人間のように年を取るのかも分からない。

いずれにせよ、沙羅のほうが地位は上だ。

であれば、敬語を使うべきだ。心証を悪くするのはまずい。

池谷のポリシー、それは長い物には巻かれることだ。プライドは捨てる。面従腹背《めんじゅうふくはい》、三《み》つ指《ゆび》をつき、へりくだる。

「あの、恐れ多くも、申しあげますが」

「ん?」

「なぜ僕が地獄行きなのでしょうか。差し出がましくて申し訳ありませんが、理由をお聞かせ願えないものでしょうか?」

「第一に、小学生のときに、女の子の縦笛を舐めるという罪を犯しています。女の子がかわいそうです。知らず知らずのうちに、あんたみたいなキモ男と間接キスをさせられていたなんて。わいせつ罪で地獄行き！」

「それは申し訳ありませんでした。つい出来心で。女の子に深くお詫《わ》びいたします。ごめんなさい。でも、まだ小学生のころで、罪にも問えない年齢ですし」

「二十歳以下の少年法ルールは、人間界限定のものです。霊界では六歳以上なら罪に問えます」

「そうなんですか。でも、本当に悪気はなかったんです。ただ、寂しかったんです。僕は両親に愛されずに育ったものですから」

「そうみたいですね」

「愛に飢えていたんです。それで、まあ、確かに僕にはやや性的に倒錯《とうさく》したところがありまして、自分から女の子に話しかけられないシャイな性格でもあり、告白したところで僕なんか好きになってもらえないことは明白ですから。それでも好きという感情が抑えられず、ハレンチな行動を取ってしまいました。本当に申し訳ありませんでした。どうか許してもらえないでしょうか」

これで通すしかない。

未成年者が罪を犯したとき、弁護士が情状酌量《じょうじょうしゃくりょう》狙いで持ちだす常套《じょうとう》手段だ。幼少期に親に愛されなかったため、心にゆがみが生まれ、安定した倫理観を築けなかったかわいそうな少年を演じきる。

「そうは言いますけど、あなたは成年以降も着実に罪を重ねています。初犯は、上司へのゆすり」

「いや、それは……。そもそもいじめられていたのは僕なんです。あの会社はブラック企業で、ほぼ毎日、サービス残業でした。人手不足なのに、人件費をけちって社員を減らして、そのしわ寄せをすべて下《した》っ端《ぱ》に押しつける仕組みなんです。僕が大学を卒業したときは、リーマンショック後の就職難で、どこも新卒採用はゼロ。あんな会社に入るしかなかったんです。もっとまともな会社に入っていれば、僕だって一生懸命に働いて、会社に尽くしたんですが」

とことん下手に出る。自分を社会的弱者の側に置き、一種の正当防衛だったという論理でいく。

「あの上司は、僕にさんざん嫌がらせをしました。いや、僕以外にも。だから懲《こ》らしめてやるつもりもあって、パワハラ場面を録音して、どうせ会社は辞めるつもりだったから、脅してやったんです。あの男は、償い金として百万出しました。ということは、自覚があったんですよね。この録音が世に出たら、まずいことになると。あれで少しは身に染《し》みたんじゃないでしょうか。まあ、確かに少しやりすぎだったかもしれません。懲らしめるにしても、他にやり方があったかもしれません。僕も若かったので、そこまで考えがいたりませんでした。僕は仕事ができず、ノルマも達成できませんでした。自分のことは棚に上げて、会社の不満ばかり言っていた気がします。そこはダメだったなと、今は反省しています。申し訳ありませんでした」

「しかし、あなたはその後、積極的にゆすり屋に転身します。それは、この件で味をしめたからではないですか？」

「表向きはそう見えるかもしれません。行為だけ見たら、そうでしょう。でも、考えてみてください。僕は、たとえばオレオレ詐欺のような、善良で慎《つつ》ましく暮らしているお年寄りをだますようなことはしていません。僕らがゆすりを働いたのは、浮気しているとか、会社の金を横領しているとか、後ろ暗いことをしている悪い人だけです。それに、そうやって貯めたお金だって、自分の欲得のためには使っていません。銀行の金庫に保管してあります。実は、僕には夢があるんです」

「ほう、夢ですか」

「僕は、あのお金を動物愛護活動に使いたいと思っているのです。この日本で一年間に殺処分される犬猫の数をご存知ですか。減ってはいるのですが、それでも五万匹を超えています。それだけの尊ぶべき命が、人間にとって邪魔だという理由だけで、虐殺されているんです。一時的なペットブームに乗っかり、かわいいという安直な理由でペットを飼い、しかしさまざまな理由で飼えなくなって捨てられた動物たちが、人間にとって邪魔だという理由で捕獲され、害虫のごとく殺されているんです。これこそが利己主義が蔓延《まんえん》した現代社会の闇なのです。僕はこの間違った現実を正すため、六千万と自分の能力のすべてを捧《ささ》げたいと思っています」

口から出まかせ。はったりもこけおどしも自由自在だ。

この六年、遊んでいたわけではない。池谷の話術は、いま最高潮に冴《さ》えわたり、神業《かみわざ》に達している。

「ほう、それはずいぶん高い志ですね」

「ありがとうございます」

「霊界も、人間界の犬猫殺処分ゼロ運動を推奨しています。私自身も心を痛めています。私も猫を飼っていますしね」

「そうなんですか。僕の家でも十三匹の猫を飼っています。すべて捨て猫です。僕たちに拾われていなかったら、きっと殺処分されていたんでしょうね。こうしている今も、毎日多くの子が殺されている。そう思うと、とても悲しくなるんです。だから、なんとかしたいんです」

「あなたがそんなことを考えていたとはね。日ごろの猫に対する接し方を見ると、そうは思えないけど」

「えっ」

「ソファーで寝ていた猫を蹴ったりしているし」

やはり見られている。

霊界カメラのようなものがあり、日ごろの行いはすべて閻魔帳に記録されていると考えていい。したがって事実関係はいつわれない。

しかし心の中までは読まれていない。それなら切り抜けられる。

「故意に蹴ったわけじゃないです。僕は、親に愛されずに育ったからかな、愛情表現が苦手なんです。だから誤解されてしまうんですけど。それにほら、猫っていつのまにか足元にいるじゃないですか。それに気づかずに蹴っちゃったりするんですよね。猫ふんじゃったっていう歌もあるし」

ここは分が悪いので、話をそらす。

「僕が悪人どもをゆすっていたのは、そのためなんです。よく言いますよね。悪人からお金を奪って、善なる目的に使うことが悪いことかって。ドストエフスキーの『罪と罰』のテーマでもあります。たとえば野間口みたいな男がお金を持っていたって、いい肉を食べるとか、いい車に乗るとか、いい女を抱くとか、そんな矮小《わいしょう》な欲望のために使うだけなんです。あいつらからお金を奪って、犬猫の殺処分を減らすために使うことが、そんなに悪いことですか」

「よく言いますね、あなた。相棒の阿賀里を殺して、金を独《ひと》り占《じ》めしようとしていたくせに」

「な、何の話ですか?」

「中岡芽以を尾行していたのは、そのためじゃないんですか」

「ちがいます。なんですか、それは。誤解です。何かの間違いです。阿賀里は唯一無二の親友ですよ。なんで殺すんですか。誰がそんなことを言っているんですか。閻魔帳にそう書いてあるんですか?」

ここはシラを切るしかない。

少し大げさに怒るふりをする。ただし、沙羅が逆ギレしてこない程度に。

「では、なぜ中岡を尾行していたのですか?」

「中岡さんを調べていたのは事実です。でもそれは、阿賀里の恋人がどんな女性なのか、知りたかったからです。というのも、阿賀里はお人好しで、利用されやすいからです。ひどい場合には、連帯保証人にされたりします。そんなことになったら大変ですから、僕が注意深く見てあげないといけないんです」

「へえ」

「でも、調べてみたら、中岡さんは誠実に阿賀里とお付き合いしてくれているようで、安心しました。確かにこっそり尾行したのは、プライバシーの侵害でした。だから、そんなふうに疑われてしまったのでしょう。誤解されるような行動を取った僕が悪かったです。でも、ちがいます。僕はただ、阿賀里の幸せを願っているだけです。僕が阿賀里を殺すわけがありません」

　恐るべし、閻魔帳。すべて筒抜けだ。

　しかし、心の中までは読まれていない。それなら言い逃れできる。

「そこになんて書かれているのかは知りませんが、そんなもので人を判断しないでください。SNSの書き込みを鵜呑《うの》みにするのと同じくらい、愚かなことです。僕について誰が何を書いているのか知りませんが、沙羅様自身の清らかな目で、先入観を持たず、公平に僕を見てください」

　政治家の気持ちがよく分かった。

　嘘はつかないに越したことはない。でも一度ついてしまったら、断固としてつき通す。無理は承知で、鈍感になる。厚顔無恥、万歳《ばんざい》。蛙《かえる》の面に小便もなんのその。都合の悪いことはすべて「記憶にない」。「そんなわけないだろ」と野次られようが、知らんぷりを決め込む。

　良心や恥じらいは捨てろ。罵倒にも失笑にも負けるな。白い眼《め》ははね返せ。いけしゃあしゃあとシラを切れ。それでこそ本物の政治屋だ。

「阿賀里は僕の親友です。血を分けた兄弟とさえ思っています。そんな阿賀里を殺すなんて、僕がするわけないじゃないですか」

　そして、話をそらす。これも政治屋の技。

「そもそも、僕の死因って何なんですか?」

「だから教えられないって言ってるでしょ」

「僕はどうなっちゃうんですか?」

「地獄行きです。弁解や言い訳はずいぶん聞きましたけど、逆に積極的に天国行きにする理由もないですから」

それを言われると、つらい。

人生で、世の中のためになることは一つもしていない。

なぜ悪いことをしたのかについては、苦しくとも言い訳できるが、なにかよいことをしたかと聞かれると、何も挙げられない。

このままだと地獄行きだ。なんとかしないと。

「あの、沙羅様。生き返ることはできないのでしょうか?」

「生き返りですか。まあ、できなくはないけど」

「えっ、可能なんですか?」

「ええ、できなくはないです」

「あの、じゃあ、どうか僕を生き返らせてください。お願いします」

「えー、でもなあ」

「阿賀里のことが心配なんです。バカだから、僕がいないとどうしようもないんです。それに、僕には殺処分される犬猫を助けるという使命、いや、義務があるんです。軍資金がたまり、これから社会にご奉仕できるというときなんです」

「んー」

「どうか、お願いします。僕を生き返らせてください」

「でも、ただで生き返らせるっていうのも……」

沙羅はちらりと腕時計を見た。

「じゃあ、こうしましょう。先ほども言った通り、生前あなたが知らなかったことを、私が教えるわけにはいきません。でも、あなた自身が推理して、自分で言い当てるぶんにはかまわない。あなたはなぜ死んだのか、その死因を言い当てることができたら、生き返らせてあげましょう」

「死因ですか。でも、分かるわけありませんよ。医者じゃないですから」

「死因を特定するための情報は出そろっています。医学的な知識は必要ありません。あなたが眠りについた時点での、あなたの頭の中にある情報と知識だけで、ちゃんと死因を特定できます」

「そうなんですか」

「どうしますか。やりますか？」

「やらないって言ったら、地獄行きなんですよね」

「そうです」

「やります。やらせてください。お願いします」

沙羅から譲歩を引き出した。

みっともなくても、言い訳がましくても、必死であがいた甲斐《かい》があった。

何もしなければ、ストレートの地獄行き。そこから生き返りのチャンスを得られるところまで持ってきた。粘《ねば》り勝《が》ちだ。

六千万が心残りだった。この六年、身を削り、心を削り、命を削り、貯めてきた金。あれを使うことなく死ぬなんて殺生だ。

「あなたに与えられる時間は十分です。死因を推理できたら生還。できなかったら地獄行き。いいですね」

「分かりました。頑張ります」

頭の中にある情報だけで謎が解けるというなら、やれないことはない。頭のよさには自信がある。

必ず生き返ってみせる。


「スタート」

沙羅は大きくあくびをし、席を立った。軽くストレッチしてから、冷蔵庫にある瓶コーラを取りだす。栓抜きで開けて、ラッパ飲みした。

椅子に座り、爪《つめ》をやすりで整えて、マニキュアを塗りはじめる。

すっかりオフモード。マウンドを降りたピッチャーみたいに、気が抜けている。

閻魔の娘といっても、しょせんは小娘だ。嘘八百《うそはっぴゃく》で言いくるめて、交渉を有利に導くのなんざ、百戦錬磨の池谷には造作もない。

死んでなお、煩悩を捨てられない。六年間の血と涙の結晶である六千万をあきらめられない。

思考を切りかえた。

死因当てクイズ。はたして、なぜ死んだのか。

医学的知識は特にない。しかし死因を推理するのに、知識はいらないという。

まずは死んだときの状況を思い出してみる。

久しぶりに強い睡魔だった。

中岡を尾行した疲労と、二回分の睡眠薬。防音効果もあって、すっと眠りに入れた。そのまま眠るように死んだということだ。

まず考えられるのは、突然の心臓発作だ。

しかし熟睡していたとはいえ、心臓発作が起きれば、うっ、となって一瞬でも目が覚めるのではないか。発作が起きてから、心肺停止になるまでには時間がかかるはずで、そのあいだの苦しみはあるはずなのだ。

まあ、そこら辺は分からない。心臓発作になった人を見たこともない。

しかし、心臓発作はない気がした。これだと、ただの勘だ。沙羅によれば、論理的に推理できるということだから、心臓発作は考えにくい。

そもそも死因には何があるだろう。

自殺、他殺、病死、事故死、老衰死。

このうち明らかにちがうのは、自殺と老衰死。

他殺の可能性も低い。他殺なら、絞殺であれ、刺殺であれ、毒殺であれ、殺されたときに強烈な痛みがあるはずで、たとえ睡眠薬を飲んでいたとしても、その瞬間には意識が戻るはずだ。象に踏まれた蟻《あり》のごとく、一瞬で脳がぺしゃんこになるくらいでないと、痛みなく死ぬことはない気がした。

事故死はどうか。たとえば地震で家具が倒れてきて、頭を打って死んだ。しかしこれも他殺と同様、一瞬でも目が覚めるのではないか。

眠るまえに飲んだ睡眠薬に、問題があったのかもしれない。

二回分服用したのがまずかったのか。でも、それで即死するだろうか。二回分飲んだら即死するような劇薬を、医師が処方するとは思えない。あるいは直前に食べたものとの相性が悪く、アレルギー反応を起こしてショック死したとか。

こうなると、完全に医学的な話になってくる。医学的な知識はなくても推理できるのだから、この線は考えなくていい。

いずれにせよ、やはり死ぬまえには苦痛があるはずだ。睡眠薬のせいで昏睡したまま死ぬことがあるだろうか。

病死の場合もそうだ。確かに最近、調子が悪かった。無自覚のうちに病気が進行していた可能性はある。しかし、だとしても突然すとんと死ぬか。

実感として、本当に眠るように死んだ気がするのだ。

痛みも苦しみもなかった。

「二分経過、残り八分です」沙羅が時を告げる。

最大の疑問はここにある。

死の間際、苦痛がなかった。

麻酔をかけられていたなら、苦痛なく死んだとしてもおかしくない。手術中に腹を切られても痛くないのだから。

睡眠薬を二回分服用したことで、麻酔と同様の効果が生じたのかもしれない。いや、睡眠薬と麻酔は別物である。

池谷は常用しているから分かる。睡眠薬は、眠りに入るのを助けてくれるだけだ。耳元で騒がれれば、目が覚める。睡眠薬より、酒をたらふく飲んで泥酔したほうが、はるかに意識を失う。睡眠薬を飲んでいても、首を絞められたり、刺されたりすれば、つまり身の危険を感じるほどの苦痛があれば、意識は戻る。

推理のポイントはここだ。

痛みも苦しみもなく、意識も戻らず、すっと眠ったまま死んだ。まるで麻酔をかけられたみたいに。

どういう死因だったら、そういう死に方になるのか。

もう一つ、ヒントがある。

沙羅が、池谷の死因をタブレットで確認したとき、ぷっ、と吹きだしたことだ。つまり沙羅から見て、笑える死因だったことになる。

沙羅は、絶対にSだ。閻魔の血を受け継ぐ女がマゾなわけがない。あの笑い方自体、人を食ったようなサディスティックな笑い方だった。無様《ぶざま》な姿をさらしている下民を見下して、あざ笑うかのような上流貴族の笑い方だ。

そんなに滑稽《こっけい》な死に方をしたのだろうか。たとえば自分がしかけた落とし穴に、自分で落ちたとか。あるいは人に盛った毒を誤って飲んでしまったとか。

分からない。思い当たるところもない。

謎は深まるばかりだ。

第一に苦痛なく、麻酔をかけられたような死に方。第二に、笑える死に方。この二つの条件を満たす死に方って、どんな死に方だろう。

沙羅はマニキュアを塗り終え、息を吹きかけて乾かしていた。その表情からは、どのような感情も読み取れなかった。

ゆすり屋を六年もやっていると、自然と相手の表情から多くを読み取れるようになる。相手の心のうちの不安や怒り、何を考えているかまで、なんとなく分かるようになる。また、それを読み取れなければ、相手の心理をコントロールできない。相手の感情を手玉に取り、こちらの望む方向へ、金を払ったほうが得だと思える心理状態に誘導することが、ゆすりを成功させる秘訣《ひけつ》だ。

しかしそのスキルが、沙羅には通用しない。

未知の生物、ほとんど宇宙人くらいに感じられる。奈良《なら》の大仏みたいだ。悠久として深遠で、果てがなく、とらえどころのない表情。

人間的な感情は持っていない。つまり同情を誘っても無駄だということだ。心理戦を挑んでも勝ち目はない。

「四分経過、残り六分です」

沙羅は席を立ち、部屋の壁にかけてある的にダーツの矢を投げはじめた。高得点のエリアにぴたっと刺さっていく。

「あの、沙羅様」

「なんです?」

沙羅は、池谷に顔を向けず、ダーツの矢を投げ続けている。

「少しばかりヒントをいただけないでしょうか。浅学菲才《せんがくひさい》の僕の頭には、問題が難しすぎるようで」

「やっぱりね。あなたは人の弱みにつけ込んで、姑息な作戦を立てるのは得意ですけど、真正面から堂々と戦いを挑むことはできない臆病者ですからね。少しでも自分が有利になるような働きかけをしてくると予想していました」

ここは思いきりへりくだる。

「おっしゃる通りです。どうか愚かな民に施しを与えるつもりで、ヒントをいただけたら嬉しいのですが」

「いいでしょう。あなたのやせこけた脳みそには、問題の難易度が高すぎるとは思っていました。一つヒントをあげます」

「ありがとうございます」

「あなたの死因は、病死でもあり、事故死でもあり、他殺でもあります。それがヒントです。以後、質問は受けつけないので、あしからず」

頭が真っ白になった。

病死でもあり、事故死でもあり、他殺でもある。

原因は一つではないということか。いくつかの要因が嚙《か》みあわさって、池谷の死が生じたと考えたらいいのか。

公式にすると「病死的要因＋事故死的要因＋他殺的要因＝死因」。

一つの要因では死因にならないけど、三つ合わさることで致死量に達するということかもしれない。

整理しよう。一つずつ考えていく。

まず病死的要因について。

病死なのだから、池谷は何らかの病気だったことになる。重度の不眠症で、心療内科に通ってはいた。しかし不眠症自体は、死を招く病気ではない。

他に、なにか病気だったのだろうか。あえていえば、肝臓だ。アルコールの飲みすぎは自覚していた。アルコール度数の高い酒を、薄めることもなく飲んでいた。日々の緊張とストレスを、酒でごまかしていたともいえる。

睡眠薬も乱用していた。用法用量も守っていなかった。

そういえば、いつだかテレビで見た。近年、十代の子に肝機能障害が広がっていると。スマホのやりすぎで頭痛持ちになり、そのつど頭痛薬を服用する。しかし成長期に薬を飲みすぎることで、肝臓の負担になり、酒を飲まないのに肝機能障害を引き起こす。確か、そんな話だった。

ふと思い出す。阿賀里が言っていた。

——オサムくん、食欲ないね。それになんか、顔が黄色いし。

普通は「青白い」とでも表現すべきところを、「黄色い」と表現したのは、言葉のチョイスの間違えだと思っていた。しかし本当に顔が黄色かったのかもしれない。だとしたら、黄疸《おうだん》だ。肝臓ガンだった可能性もある。

自覚以上に病んでいて、免疫力も落ちていたのかもしれない。病気の人が軽い風邪をひいただけで死んでしまうことがあるように、普通なら死ぬほどのことではなくても、池谷の場合には死因になりうる。

つまり死因の三分の一は、肝臓の病気。

とりあえず、これでいい。次は事故死的要因について検討する。

事故死にもいろいろある。物理的な事故、医療事故。薬の飲みすぎも、一種の事故である。

実際、睡眠薬を二回分服用している。しかし、それだけで死にいたるだろうか。あるいは薬の副作用で、別の病気を引き起こした可能性もある。

事故死には、他に一酸化炭素中毒もある。これなら、眠っているうちに脳が低酸素状態になって昏睡し、意識が失われたまま死亡することはあるかもしれない。つまり苦痛なく死ぬ、という条件にあてはまる。しかし練炭どころかストーブも焚《た》いていないのに、一酸化炭素中毒になるだろうか。

分からない。というか、この分野の知識がなさすぎる。沙羅が言うには、専門知識は必要ないのだから、ここは考えなくてもいいかもしれない。

池谷は寝室で眠っていただけだ。あの日、変わっていたことといえば、防音の壁材を貼ったこと。外からの音は遮断され、きわめて静かだった。しかし、それがどのような事故を引き起こすのか。

「六分経過、残り四分です」

沙羅が投げたダーツの矢が、すとんと的に刺さる。

残り時間が少ない。

事故死的要因は保留する。他殺的要因について考える。

他殺的要因、すなわち池谷は誰かに殺された、という可能性だ。

犯人は誰か。

まずは池谷を殺す動機を持っている人間を挙げてみる。数は少なくない。これまで池谷がゆすりを働いてきた相手はすべて含まれる。古くは会社の上司、最近では野間口。彼らは池谷を恨んでいる。動機は復讐《ふくしゅう》だ。

しかし、この可能性は低い。

ゆする相手は慎重に選んできた。バックに反社会的勢力がいないことも調査済み。相手の財力を見きわめ、ゆすりの金額としては格安と感じられる値段しか要求していない。だからこそ交渉は、池谷のペースで進められた。

第一、復讐だとしても、眠っているうちに一瞬で殺すなんて、それこそVXやサリンくらいの猛毒じゃないと説明がつかない。いくらなんでも、池谷がゆすってきた相手はそんな大物じゃない。

死因が他殺とするなら、思い浮かぶ犯人は一人。阿賀里だけだ。

阿賀里は同じ屋根の下にいた。池谷を殺そうと思えば、いつでもできた。

しかし、実感はわかない。

阿賀里は、オサムくん大好き人間である。地球上で唯一頼れる存在がオサムくん。何をするにもオサムくんが必要だったはずだ。オサムくんを殺してしまって、どうやって一人で生きていくのか。

だが、動機という点では、阿賀里にはこれ以上ないものがある。

六千万だ。

池谷が阿賀里を殺す動機が、そのまま阿賀里が池谷を殺す動機になる。しかし六千万が動機だとしたら、大事なことが一つある。金庫のパスワード。これを聞きださずに殺してしまっては、元も子もない。

ちなみに池谷のパスワードは、「KANEONNA」の八文字。金と女、単純に好きなものを並べただけなので、このパスワードを推測するのは不可能だ。もちろんパスワードのメモなどは残していない。

やはり阿賀里が殺したとは思えない。

「待てよ。そうとはかぎらないぞ」

死因は一つではない。三つの要因がからまって、死という結果が生じたのだ。

つまり殺意はなかった。

いや、殺意はあったとしても、パスワードを聞きだしてからだ。しかし不測の事態が起きて、つまり病死的要因と事故死的要因がからんで、池谷が死んでしまった。その不測の事態が、沙羅にとって笑えるものだったのかもしれない。

だとすれば、阿賀里は今ごろ、頭を抱えているはずだ。パスワードを聞きだすまえに、池谷が死んでしまったのだから。

問題は、どうやって池谷からパスワードを聞きだそうとしたのか、だ。

しかし、やはりイメージがわかない。

そもそもだが、阿賀里にそういうことを考える脳みそがあるように思えないのだ。阿賀里のことは完全に知り尽くしている。何をするにも、オサムくんの指示待ち。阿賀里が自発的に動くとしたら、後先考えずに感情に突き動かされた場合だけだ。たとえば捨て猫を拾ってくるとか。

「八分経過、残り二分です」

いよいよ時間がない。

沙羅のヒントの意味は分かった。一つ一つは直接的な死因ではなく、三つが合わさることで偶発的に死にいたった。そしておそらく、他殺的要因には阿賀里が関わっている。この考え方でいい。

問題は、阿賀里が何をしたのか。

最近の阿賀里の様子はどうだっただろう。池谷は、阿賀里殺害計画を立てていた。それを気づかれたということはないか。

阿賀里の変化といえば、恋人ができたことだ。

気になるのは、今までは阿賀里は恋人ができると、いや、好きな人ができただけで、池谷に報告してきたことだ。

しかし今回にかぎり、その報告がない。言いかえれば、恋人がいることを隠さなければならない理由があったともいえる。池谷がひがむから黙っているのかと思っていたが、もしかして別の理由があるのか。

他には、包丁を買ったこと。鍛冶職人が作った上等な包丁だった。以前から、ちゃんとした包丁が欲しいとは言っていたが。

それから、ここ一ヵ月くらい、阿賀里は眠れないとよく訴えてきた。野間口へのゆすりが進行していくなかで、阿賀里なりにプレッシャーがあるのだろうと思い、そのつど睡眠薬を渡した。計四回分。

しかしよく考えたら、阿賀里が眠れないなんてことは、これまで一度もなかった。野間口へのゆすりを敢行する前日でさえ、大いびきをかいて眠っていた。

それなのに、なぜ急に……。

「えっ、じゃあ、あの防音の壁材は……」

阿賀里は、池谷からパスワードを聞きだす必要があった。

その方法は、シンプルに……。

「でも、なぜそんな手の込んだことを。あいつの腕力なら、俺なんていくらでも……。そうか、俺の護身用ナイフか」

だとしても信じられない。

この仮説が正しいとするなら、阿賀里は以前から計画を立てていたことになる。しかし阿賀里にそんな脳みそがあるとは思えない。

「はっ……。そうか。乗りかえたってことか」

一瞬で全容が浮かんだ。

阿賀里はバカだ。自分の頭で考える脳みそはない。その思い込みがあったため、警戒していなかった。だが、誰かの指示さえあれば、的確に仕事をこなせるのだ。それは池谷との六年間が証明している。

きっと、これが正解だ。

この死に方なら、痛みもなく、同時に無様《ぶざま》でもある。数多《あまた》の死を見てきた閻魔でも、過去に例がなかったのではないか。

「あと十秒です。十、九、八、七、六」

情報は出そろっていたのだ。

だが、阿賀里は自分のあやつり人形であると思い、忠犬ハチ公だと思っていたので、油断した。飼い犬に手を噛まれるとは、まさにこのこと。

いい教訓を得た。自分以外は信じるな。味方こそ疑え。

「五、四、三、二、一、ゼロ。終了です」

「はい、答えは分かりました」

「ほう、それはよかったですね」

「とても残念です。僕は阿賀里のことを、家族だと思っていたのに」

思わず口元がゆるんだ。

3

「では、解答をどうぞ」

「はい。僕の死因は、病死でもあり、事故死でもあり、他殺でもあるということでした。つまり三つの要因がからんで生じたものだということです。

まず病死的要因から挙げます。正式な病名は分かりませんが、肝臓の病気です。長年のアルコール依存と睡眠薬の乱用。それらが積み重なって、肝臓にダメージが蓄積し、自覚症状のないまま進行したのだと思います。黄疸も出ていたようです。それが今回の死因の伏線にありました。

次に事故死的要因と、他殺的要因。

これには阿賀里が関わっています。阿賀里は僕を殺すつもりでした。動機は六千万。しかしあれを金庫から取りだすには、パスワードが必要です。阿賀里はどうやって僕からパスワードを聞きだすつもりだったのか。

僕のような非力な人間は、自分より強い者に勝つために、あれこれ工夫して作戦を立てなければなりません。しかし力の強い者は、即物的にその力に頼りがちです。自分より弱い者から何かを聞きだそうとしたら、まず拷問を考える。これはどの国の警察や軍隊でも同じです。

しかし僕を拷問するとしても、まず場所を確保する必要があります。あのマンションは壁が薄く、音が外にもれます。だから阿賀里は、僕の部屋に防音の壁材を貼ったんです。

僕が悲鳴をあげても、声が外にもれないように。僕の安眠のためではなく、拷問部屋にするつもりだったんです。

さて、場所は確保しました。次に、どうやって僕を拘束するか。

阿賀里は腕力があるので、僕を拘束することは容易だったはずです。しかし下手に殴ったりすると、貧弱な僕のことだから、打ちどころが悪くて死んでしまうかもしれない。また、僕が眠っている隙に部屋に忍び込んで、手足を縛りあげる手もあったかもしれませんが、僕は眠りが極端に浅いため、忍び足でも目を覚ましてしまうかもしれない。そして僕はつねに護身用ナイフを身につけています。とっさにナイフで抵抗されたら、いかに阿賀里でも危ない。パスワードを聞きだすまでは、僕に死んでもらっては困る。無傷で拘束したい。では、どうすればいいか。

阿賀里は、僕に睡眠薬を飲ませて、昏睡させてから拘束しようと考えたんです。阿賀里は最近、眠れないと訴えて、僕から睡眠薬をもらっていました。しかしよく考えたら、能天気な阿賀里が眠れないなんてことがあるわけない。あれは睡眠薬をため込んでいたんです、四回分も。一回分の睡眠薬では僕には効かないことは、阿賀里も知っていました。しかしさすがに四回分も飲まされたら、深い昏睡におちいります。その隙に手足を縛って監禁しようとしたのです。

パスワードさえ聞きだしたら、僕は用済みです。殺して死体をバラバラにして、海にでも捨てるつもりだったのでしょう。阿賀里は船舶免許を持っています。新しい包丁も買っていました。最近、やけに魚料理が多かったのは、死体を解体する練習をしていたためかもしれません。

それだけの準備をしたあとで、阿賀里は実行に移しました。夕食のあと、僕はウイスキーを飲んでいました。トイレに立った隙に、阿賀里は四回分の睡眠薬をウイスキーに溶かしました。普通は四回分の睡眠薬を飲んだら、すぐに昏睡するのかもしれません。しかし僕には薬の耐性ができていたので、眠気はきたけど、即座に昏睡することはありませんでした。それどころか、さらに自分で二回分の睡眠薬を飲みました。つまり計六回分を服用したことになります。

もともと肝機能が低下して、致死量のメモリが下がっていたところに、さらに六回分を服用したことで、肝臓がパンクしたんです。その結果、睡眠薬の過剰摂取によって昏睡したまま、ショック死しました。もともと肝臓の病気だったという意味では病死であり、阿賀里が薬を盛ったという意味では他殺であり、さらに二回分の睡眠薬を自分で追加して飲んだという意味では事故死でした。三つの要素がからまって、死という結果が生じたことになります。

しかしあの阿賀里が、こんな用意周到な計画を立てられたとは思えません。おそらく阿賀里の恋人、中岡芽以が裏で糸を引いているんじゃないでしょうか。あの女、とんでもない奴です。六千万のことを阿賀里から聞き、まるごと奪おうという魂胆なのでしょう。阿賀里はほとんど洗脳されていて、中岡の意志のもと、計画を実行したのだと思います。誰かの指示さえあれば、的確に行動できることは、僕との六年間が証明しています。どうですか、これが正解ではないですか？」

沙羅はタブレットを見ながら、二度うなずいた。

「正解です。さすが、阿賀里のことは手に取るように分かるようですね。六年間、苦楽をともにしただけあります」

「やっぱり」

阿賀里は主人を乗りかえたのだ、飼い犬のくせに。

沙羅はタッチパネルを指で操作している。

「少し補足説明をしてあげましょう。阿賀里が中岡と知り合ったのは三ヵ月前です。ナンパですね。街でタイプの女性を見かけた阿賀里は、ひょいひょいと近づいて、声をかけました。この中岡芽以、あなたの言う通り、筋金入りの悪女です。表向きはまじめな女子大生。老人ホームでボランティアをしていますが、これは詐欺のためです。孤独な老人に近づき、清楚な外見と甘え声で取り入り、行政手続きをしてあげるなどといつわって、こっそり預金を引き出したりしています。

中岡は、瞬時に阿賀里の性質を見抜きました。『こいつ、使える』と。悪事を続けていくうえで、男手が必要だとは以前から感じていました。阿賀里には、あなたや中岡のような人間を寄せつける才能があるのでしょうね。二人は恋人になり、肉体関係も持ちました。男同士では到達できない、深い仲になりました。中岡は女の武器を駆使して、阿賀里を自分の虜《とりこ》にしていきました。あなたの側から見れば、洗脳され、調教されていったということになるのかもしれません。

阿賀里は中岡を愛し、それはやがて崇拝の域に達しました。主人を乗りかえるというより、改宗に近いかもしれません。信じる神を変えた、という表現がぴったりきます。そして阿賀里は、六千万のことを中岡に話しました。中岡からすれば、この六千万を奪わない手はない。

阿賀里には、自分で考える脳みそはありません。しかしご主人様から命令されれば、的確にこなす能力はあります。自分ではシナリオを書く才能はないけれど、台本を与えられれば、どんな役でもこなせます。それはあなたによって鍛えられた能力ともいえます。そこからはすべて中岡の指示です。あなたとのコンビを続けながら、睡眠薬をため、包丁を購入し、防音の壁材を貼りました。野間口へのゆすりが決着したら、実行に移すつもりで準備していました。

あとはあなたの推理通りです。

あなたは危機察知能力が高く、護身用ナイフをつねに携帯しています。そこで中岡は、睡眠薬を多めに飲ませて昏睡させる方法を選びました。睡眠薬一回分では効かないが、四回分なら、さすがに昏睡するだろうと。

ちなみに、あなたはガンではありませんが、アルコール性と薬剤性の肝機能障害。日々の緊張からくる自律神経失調症。それに付随する不眠症。それと猫ですね。猫アレルギーのあなたにとって、十三匹の猫との生活は強いストレスでした。あなたの身体は、肝臓を中心にひどく弱っていました。そこに六回分の睡眠薬が投与されたことで、致死量を超えてしまった。まあ、そんなところですね」

沙羅は、腕時計に目をやった。

「後日談を少し。実はあなたが死んでから、地球時間で約二日経っています。阿賀里はパニックになりました。あなたが死んでしまい、パスワードを聞きだせなかったからです。当夜、中岡も近くで待機していました。あなたが眠ったら拘束して、拷問するつもりだったのに、予想外に死んでしまい、かといって病院にも連れていけず、死体が冷たくなっていくのを見ているしかありませんでした。死後二日経った今も、死体はベッドに横たわったままです。二人で途方に暮れています。死体が腐るまえに解体しようかと思案しているところです」

怒りがわいてくる。

生き返ったら、二人とも殺す。この世でもっとも残忍な方法で殺してやる。

しかし、まだ沙羅の前だ。猫をかぶる。

沙羅は言った。

「さて、どんな気分ですか。真相を知って」

「自分の不徳のいたすところだったと、痛切に反省しております」

「阿賀里を責めるつもりはないの？」

「ありません。阿賀里はいい奴なんです。素直で、純粋で、人を疑うことができないんです。今回のことは、中岡に洗脳されてやったことだと思います。それに、僕を殺すつもりはなかったんじゃないかな。中岡にそそのかされて、睡眠薬を盛るところまではやったけど、最後は僕を生かして解放するつもりだったんじゃないかと思います。心の優しい阿賀里に、人を殺すなんてできたとは思えません」

池谷は微笑んだ。

「僕にも責任があります。阿賀里との信頼関係をちゃんと築けていませんでした。阿賀里なりに、僕に対して不満があったのかもしれません。やりたくないことを、僕が押しつけていた場面もあったかもしれません。あいつは不満を口に出さず、我慢して抱《かか》え込《こ》んでしまうところがあります。だとしたら、その不満に気づけなかった僕が悪いです。そういう心の隙を中岡につけこまれて、こんなことになってしまったのではないかと思います。阿賀里は道具として利用されただけです。あいつの心は、まだ子供なんです。大人に政治思想を刷り込まれて、自爆テロをやらされた子供と同じです。悪いのは、子供の無垢《むく》な心を利用して、テロの道具にした大人です」

「じゃあ、許すのね」

「むしろ謝らなければならないのは僕のほうです。阿賀里を責める気はありません」

「あの女はどうするの？」

「警察に通報します。阿賀里に殺人の片棒を担がせるなんて、ひどい女です。ご老人をだまして、お金を奪う行為も許せません」

「でも中岡は、あなたたちの悪事もばらしてしまいますよ」

「仕方ありません。罪人は裁かれる運命にあるのでしょう。そうなっても自業自得、僕たちは慎《つつし》んで刑に服します」

必ず中岡と阿賀里を殺す。

パスワードを聞きだしたあとも、あの拷問部屋でなぶり殺す。そして、あの六千万は誰にも渡さない。

「じゃあ、さっそく生き返らせてあげましょう」

「よろしくお願いいたします」

「ただし、生き返らせると言いましたが、正確には時間を巻き戻すんです。あまり巻き戻すと、あとで調整が大変になるので、死の直前まで戻します」

「死の直前というと?」

「あなたが睡眠薬入りのウイスキーを飲む直前ですね。ただし、あなたがここに来た記憶はなくします」

「ああ、そうですよね。え、でも、それじゃあ生き返っても、何も知らずにウイスキーを飲んでしまうんじゃないですか」

「そうならないように、こっちでうまくやっておきます」

どのみち記憶をなくすのなら、選びようがない。沙羅には好印象を与えている。よきに計らってくれるはずだ。

「分かりました。すべて閻魔様におまかせいたします。なにとぞ、よろしくお願いいたします」

沙羅は回転椅子を回して、デスクに向かった。タブレットにキーボードをセットする。打ち込む作業に一分ほどかかった。

「では、まいります」

「この御恩は忘れません。ありがとうございました」

「今日が私の担当でよかったですね。ここにいたのが父だったら、問答無用で地獄行きでしたよ。しかし、あなたは愛すべきナイスなキャラクターをしているので、寛大なる閻魔の施しにより、生還のチャンスを与えました」

「ラッキーでした。沙羅様からいただいたこの命、世のため人のために使わせていただきます。粉骨砕身して、滅私奉公に励みたいと思います」

「ただし一つだけ」

沙羅の表情が、すっと冷たくなる。

「閻魔は嘘をつきませんが、同時に嘘をつかれることもありません」

「えっ」

「なぜなら閻魔の目は、すべてを見通すからです。そうでなければ、どうして罪の審判ができるでしょうか。そして、この世でもっとも重い罪は、閻魔をだまし、あざむこうとすることです」

沙羅は笑った。

嗜虐的《しぎゃくてき》な笑みだった。生きたまま骨をしゃぶられているような気がした。

「ちちんぷいぷい、池谷修、地上に還れ」

沙羅は、エンターキーを押した。

4

――トイレに立った。

最近、尿が近い。緊張のせいで喉が渇き、水を飲んでいるからかもしれない。尿はなんか黄色いし、妙に泡立つ。

やはり病気かもしれない。ひと段落したら、健康診断を受けたほうがよさそうだ。

リビングに戻り、ソファーに座った。

ウイスキーのボトルは空になっていた。グラスに残っていたウイスキーを飲みほそうとしたところで、
突然、近くにいた猫が飛びかかってきた。

シロと呼ばれている猫だ。

池谷の顔面めがけて飛んできたので、手で防御しようとした。その拍子《ひょうし》に、グラスが手からすべり落ちた。

シロは空中で身体をひねって旋回した。池谷の顔をよけて、床に下りた。何事もなかったかのように寝床に歩いていく。

「なんだよ、突然」

猫は時折、ふいをつく行動を取る。突然、跳ねたりする。だから嫌なのだ。

「ああ、ウイスキーをこぼしちゃった」

床に落ちたグラスを拾い、ティッシュの箱を取った。

拭こうとしたら、そのウイスキーの表面張力でできた滴の上に、粉のようなものが浮い

ているのが見えた。

「なんだ、これ？」

ウイスキーに不純物でも混じっていたのかと思った。

指に粉をつけてみる。ざらついている。匂いはない。塩や砂糖ではない。小麦粉でもない。薬剤のように見えるが。

視線に気づいた。

台所に立って皿を洗っていた阿賀里が、じっと池谷を見ている。

皿を洗う手を止めている。水道が出しっぱなしのまま、ジャーと音を立てていた。

阿賀里の表情は固まっていた。無機質な顔だ。そして、暗黒の瞳《ひとみ》。悪魔に心を売ったような目だった。

「な、なんだよ、阿賀里」

その瞬間、脳の中ですべてがつながった。四回分の睡眠薬、防音の壁材、新品の包丁、そして中岡芽以。二人の企《たくら》みがはっきり分かった。

「まさか、俺を拷問して、パスワードを」

阿賀里は、口を「へ」の字にした。

「あーあ、ばれちゃった。仕方ないな。オサムくんに手荒な真似はしたくなかったんだけどなあ」

阿賀里は蛇口を止めた。ぬれた手をタオルで拭きながら、池谷に近づいてくる。

その顔は笑っていた。

さあ、楽しいパーティーをはじめましょうといった感じに。

池谷は護身用ナイフを取りだした。刃先を阿賀里に向けた。

「来るな。止まれ。刺すぞ」

「あーあ、ほら、こういうことになっちゃった」

阿賀里はナイフを見ても、まるで動じない。ブレーキが壊れている。顔は、笑ったまま不自然に固定されている。

あの女に完全に洗脳されている。

池谷は後ずさりした。ナイフを持つ手の震えが止まらない。

戦闘には向いていない。肉体的な喧嘩は一度もしたことがない。このナイフにしても、攻撃用ではなく威嚇用である。相手を刺すためのものではなく、これを見せることで敵が逃げてくれることを想定している。

ナイフを見ても、ひるむことなく突っ込んでくるサイコパスに勝てるわけがない。

逃げ道を探すが、玄関まで遠い。

一メートル手前まで、阿賀里が迫ってきた。

「オサムくん。お願いだから、ナイフをしまって。俺、できればオサムくんを傷つけたくないんだ」

阿賀里は前進をやめない。笑顔のまま、舌で唇を舐めた。

池谷は部屋の隅へと追い込まれた。背中が壁にぶつかった。

「来るな！」

部屋にいる十三匹の猫は、じっとしている。しかし目はこちらを見ているし、耳やひげはぴんと立っている。特殊な状況が起きていることは察しているようだ。

ひらめいた。

一番手前にいる、シロと呼ばれる猫を捕まえた。左手で抱きかかえつつ、ナイフを猫に向けた。

「動くな。それ以上近づいたら、この猫、殺すぞ」

阿賀里の足が止まった。

次の瞬間、阿賀里から笑顔が消えた。般若《はんにゃ》の顔になる。

「殺す！」

阿賀里が吠《ほ》えた。

池谷に向かって吠えたのではない。心の中の決意を言葉にしたのだ。

まずい、と思ったが、時すでに遅かった。

猫を人質に取るべきではなかった。ナイフも出してはいけなかった。ナイフを出した瞬間に、「対立」の構図になってしまう。

あくまでも阿賀里を口で丸め込むべきだった。自分が得意とする土俵に敵を引きずり込んで、戦うべきだったのだ。

判断を誤った。火に油を注ぐとは、まさにこのこと。ナイフを出したところで、勝ち目はないのに。

「待て、阿賀里。話しあおう。なにか誤解があるようだが」

阿賀里は聞いていない。

サイコパスのスイッチが入ってしまっている。

どうすればいい？

猫を放すか。しかし猫を放した瞬間、阿賀里が突っ込んでこないともかぎらない。

ともかく、場の緊張を緩和することだ。

「落ち着け、阿賀里。ひとまず猫を床に下ろすから。そしたら腰を据えて、話しあおう。な、いいな」

阿賀里に気を取られた瞬間、左腕に抱きかかえた猫の左前足が動いた。猫パンチが左目に飛んでくる。

パチンときて、目がくらんだ。

その隙に猫はジャンプした。池谷の手を離れて、床に着地した。

猫と入れかわるように、阿賀里が踏み込んでくる。

池谷はとっさにナイフを突きだした。しかしそれより早く、阿賀里の右拳が目の前に飛んできて――


パチ、パチ、と頬を叩く衝撃で目が覚めた。

「あ、起きた」

目を開けると、阿賀里の顔があった。ひどい頭痛と耳鳴りがした。

「おはよう、オサムくん」

池谷は椅子に座らされ、全身をロープで縛られていた。胴体は椅子の背もたれにくくりつけられ、両手は背中に回されて手錠をかけられている。

「よかったあ、オサムくん。死んじゃったかと思ったよ。一発殴っただけで、気絶しちゃうんだもん」

防音の壁材が貼られた寝室にいる。大声で叫んでも、声は外にもれない。

万事休す。まな板の鯉《こい》だと悟った。

中岡芽以がいた。池谷のベッドに腰かけ、煙草を吸っている。

「はじめまして。中岡芽以です。頭脳明晰《めいせき》なオサムさんのことですから、状況は分かりますよね」

この女、俺に似ている、と思った。そうであれば計画に隙はなく、交渉の余地はない。パスワードを吐くまで、拷問は続くだろう。

「では、さっそく。金庫のパスワードを教えてください」

「おい、阿賀里。こんな女にだまされるな」

「だましてないわよ。ね、阿賀里ちゃん。私たち、愛しあっているのよね」

中岡は、阿賀里に向かってウインクする。

「うん、俺たち、愛しあってるの」

阿賀里の瞳に、ハートマークが見えた。

阿賀里はいったん女を好きになると、完全にその人色に染まる。洗脳というレベルではない。神のごとく崇拝し、殉死することもいとわなくなる。

「オサムくんこそ、俺のこと、だましていたくせに」

「は？　なんの話だ？」

「知ってるんだよ。オサムくんが、俺を殺そうとしていたこと」

「そ、そんなわけないだろ」

「演技力上がったよね、オサムくん。でも、演技力上がったのは、オサムくんだけじゃないよ。オサムくんがあの六千万を独り占めしようとしていることを知ったうえで、俺、ずっと知らないふりをしてきたんだよ」

阿賀里をあなどっていた。

中岡が煙草をふかしながら立ちあがった。その煙草の火を、池谷の肩に押しつけた。池谷は悲鳴をあげた。

「さっさと吐いたほうが楽ですよ。パスワードさえ教えてくれたら、手荒な真似はしないと約束します」

絶対に言うものか。あれは俺の金だ。

しかし、この状況をどうやって切り抜けたらいい？

手足は縛られている。動くのは口だけ。得意の能弁で切り抜けるしかない。

「さあ、パスワードを吐きなさい」

中岡は新しい煙草をくわえ、火をつけた。

「阿賀里、助けてくれ。お願いだ」

「やーだよ。オサムくん、シロにナイフ向けたでしょ。だから助けてあげない」

「シロを傷つけるつもりはなかったんだ。ただ、勢いで」

「いや、殺すつもりだった。そういう目をしてたもん」

「阿賀里。おまえはこの女にだまされているんだ。金さえ引き出したら、おまえなんか用済みだ。殺されるぞ。悪いことは言わないから——」

阿賀里の右拳が飛んできた。鼻と口の中心部に当たった。鼻から血が噴《ふ》き、前歯がぐらついた。

「芽以ちゃんの悪口言う人、嫌い。芽以ちゃんはそんな人じゃないよ」

「だめよ、阿賀里ちゃん」中岡は子供を叱るように言った。「乱暴に殴ったりしたらダメじゃない。打ちどころが悪くて、死んじゃったらどうするの?」

「ごめん。芽以ちゃんの悪口言われたから、つい」

「拷問ってのはね、死なない程度にやるのよ。こうやって」

中岡は、煙草の火を池谷の眼球に近づけてくる。

池谷は目をつぶった。中岡は躊躇なく、火をまぶたに押しつけてくる。池谷は身をよじるが、縛られていて動けない。

「さて、オサムさん。次はどんなのがいいですか。さっさと吐いちゃったほうが身のためだと思いますけど」

中岡は、池谷の護身用ナイフを手に取った。その切っ先をちらつかせた。

阿賀里が言う。「オサムくん。早くパスワードを教えてよ。俺たちもオサムくんを痛めつけたいとは思ってないんだよ」

絶対に言わない。六千万は俺の金だ。

神よ、どうかお助けを。我に希望の光を。

いや、地獄の閻魔大王。天変地異でも、核戦争でもなんでもいい。この状況を打破する奇跡を起こしてくれ。

　拷問は三時間にわたっておこなわれた。


　池谷の心は折れた。

「分かった……、言う……、言うから……、殺してくれ」

「パスワードは?」

「K、A、N、E、O、N、N、A」

　中岡は不敵に笑った。

「あなたらしいパスワードね」

　二人は池谷を放置して、部屋を出ていった。

　池谷は力尽きた。はったりもこけおどしも、泣き落としも命乞《いのちご》いも、すべて使ったが、中岡には通用しなかった。

　すげえ女がいたもんだ。

　自分と同種の人間が、この世にもう一人いるとは思わなかった。

　だが、しょせん池谷は偽物だった。

　中岡こそ本物だ。やっぱり本物はちがう。普通の女子大生にしか見えないのだが、能ある鷹《たか》ってのは本当に爪を隠しているんだな。

身体はもう一ミリも動かない。限界を超えた。

池谷は首を垂れたまま、目を閉じた。眠った。というより、失神した。

久しぶりに深い睡眠だった。

しばらくして、ドアが開く音で目が覚めた。

二人が戻ってきた。阿賀里はバッグを持っている。それを開き、池谷に見せてきた。中に札束が入っていた。

「見て、オサムくん。俺たちの金だよ。これで芽以ちゃんとハワイに行くんだ。猫たちもみんな連れて」

阿賀里は夢見心地でいる。

バーカ、おまえも殺されるんだよ。

池谷は笑った。そう、いずれ阿賀里も殺される。

阿賀里は池谷を裏切った。そうであれば、いずれは自分も裏切るかもしれないと、少なくとも中岡はそう考える。不測の事態を招くまえに、さっさと阿賀里を始末するはずだ。そうしなければ安心できない。

池谷には、中岡の心理が手に取るように分かった。

中岡と目が合った。中岡は、同業の先輩に対して敬意を払うように、池谷に向かって軽く会釈した。

中岡との視線をさえぎって、阿賀里が池谷の正面に立った。

「オサムくん、痛い思いをさせちゃってごめんね。でも、オサムくんが悪いんだよ。すぐに吐かないからさ」

もう声も出なかった。苦悶した三時間で、喉が潰れている。

「痛くないように、優しく殺してあげるからね。死んだら、バラバラにして海に捨ててあげるよ」

阿賀里は池谷の背後に回り、腕を首に回した。

「あ、そうだ。俺のパスワード、教えてあげる。O、S、A、M、U、K、U、N。オサムくん、だよ」

阿賀里は池谷の首をひねり、骨をへし折った――

5

池谷は目を開けると、硬い椅子に座らされている。

椅子の背もたれに沿って、背筋をぴんと張り、ひざをそろえている。コルセットで無理やり身体を伸ばされている感じだった。

黒い部屋にいる。

壁も天井も床もすべて真っ黒。お化け屋敷《やしき》のような恐怖の間だ。

池谷を取り囲むように、壁一面に蠟燭《ろうそく》台が並んでいて、炎がゆらゆらと垂直に立ちのぼっている。そのせいで部屋はほのかに明るく、少し暑苦しい。

空気がよどんでいた。血なまぐさい。その臭気をごまかすためか、線香の匂いがたちこめている。

四方の壁に圧迫感があって、平衡感覚を保てなくなる。常人ならここに一時間閉じ込められただけで、頭がおかしくなってしまうだろう。

目の前に巨大な男がいる。

でかい。三メートルはある。肉厚な背中。横綱級の体格だ。刑務所の塀のように雄々しく立ちはだかってくる。

巨大な男はデスクに向かい、硯《すずり》の墨を筆の先につけて、何かを書きなぐっていた。それからスタンプを押し、その紙を「済」と書かれたファイルボックスに投げつけた。やつあたりするみたいに、すべての動作が乱暴だ。

「あー、忙しい。今日も残業じゃ。なんで儂《わし》ばっかり仕事を押しつけられなきゃならんのだ！」

太鼓を鳴らしたような、野太い声だった。

「沙羅の奴め。ぜんぜん仕事を片づけていないじゃないか。あやつは一件一件に時間をかけすぎなんじゃ。わんさか送られてくるんだから、ばんばん地獄に送ったらいいんだ。こんな大量の仕事を残しおって」

カー、ペッ、と巨大な男は、口から痰《たん》を吐きだした。痰は、足元の痰壺《たんつぼ》にホールインワンした。

「いっつも儂ばっかり損な役目をあてがわれるんじゃ。どうせ儂が帰ったら、みんな寝とんのじゃ、クソが」

巨大な男は一升瓶《いっしょうびん》をつかみあげ、ラッパ飲みで酒をくらった。ぷふあ、と大きく息を吐いた。地面が震えた。

男の息はものすごく酒くさかった。呂律《ろれつ》が回っておらず、身体が微妙に揺れている。

巨大な男は、池谷に振り向いた。

鬼の形相。

目も眉もすべてが吊りあがっている。強靱《きょうじん》なあごと白光りする歯は、岩をも嚙み砕きそうだ。坊主頭《ぼうず》で、あから顔。僧侶《そうりょ》のごとく重厚な袈裟《けさ》をはおっていて、手には数珠を持っていた。素足に下駄《げた》を履いている。

足はまるで象だ。何かを踏み潰すためにできたような足だ。

目につくのは、真っ赤なマントだった。その赤は否応なく血を連想させる。人間の生き血をつぎたして、煮つめて染めたものにちがいない。年季ものに見えるが、クリーニングしているのか、裾《すそ》までぴんと張っている。

巨大な男は、タブレット型パソコンを手に取り、しばらく眺めていた。それから、ぎょろりとにらんだ。

この男に逆らってはいけない。直感でそう判断した。

アイアンクローで人間の頭蓋骨を握り潰せそうなほどの腕の太さだ。なにより、絶対に人間じゃない。悪魔か、怪物か、サタンか。

「池谷修じゃな?」

「は、はい」

「ちっ、ろくな人間じゃないな、こやつ。醜い顔、腐った根性。幼少期から怠惰で、勉強と運動が嫌い。なんら努力せず、日々を無駄に過ごす。趣味は、女の子の縦笛を舐めること。この下郎め。言語道断じゃ!」

「いや、それは……」

「大学を卒業してからも、性根は変わらない。ろくに働きもしないくせに、給料が安いと不満をこぼし、おまえのためを思って叱ってくれる上司に腹を立て、パワハラを訴えて金を脅し取る始末。サボることだけは一人前。困難に立ち向かう気力もなく、就職難の時代に社会に出た我が身の不運を嘆くばかり。会社にはなんら利益をもたらさず、それなのに給料をもらっておいて、世話になった会社に感謝の言葉すら述べず、それどころか辞めたあと、SNSで悪口をのたまう。醜悪至極じゃな、きさま」

「で、でも……」

「あげく、阿賀里と二人で悪だくみをはじめ、極悪非道のかぎりを尽くす。人の弱みにつけ込むゆすりたかりで、貯めた金が約六千万。どうしようもないクズじゃな。ゲスの極みじゃ。日本人も零落《れいらく》したもんじゃい。かつては誇り高い民族だったんじゃが、開国して侍の魂を捨て去ってしもうたわ」

カー、ペッ、とふたたび痰を吐きだした。一升瓶を取り、ラッパ飲みする。酒が口元からこぼれ落ちた。ぷふあ、と豪胆な息を吐いた。

「飲まなきゃやってられん。最近はこんなクズばかりじゃ。特に日本人。何をやっとんのじゃ、文科省!」

男はしゃっくりをした。目の焦点が合っていない。

池谷は聞いた。

「あ、あの、あなた様はいったい……」

「閻魔大王じゃ」

「エンマ?」

「おまえも知っておるじゃろう。その閻魔大王じゃ。おまえは死んだんじゃ。死んで、むきだしの魂になって、ここに来たんじゃ。ここは閻魔堂といって」

ふたたび、一升瓶をラッパ飲みする。

「けっ、面倒くせえ。毎回、同じこと言ってられるか。要するに、今からおまえを天国行きにするか、地獄行きにするか決めるんじゃ、ボケェ」

今、気づいた。身体が動かない。

自分が死んだことは瞬時に理解した。しかし、なぜ死んだのかが思い出せない。

「あの、僕は死んだんですか？」

「そうじゃ。そう言っておるじゃろうが」

「でも、なぜ？」

「拷問死じゃ」

「拷問死？」

「阿賀里と中岡に三時間にわたって拷問されたあげく、首の骨をへし折られたんじゃ」

「阿賀里と中岡に……、あっ」

思い出した。地獄の三時間だった。煙草の火を押しつけられることにはじまり、筆舌に尽くしがたい拷問の数々。

中岡芽以は狂っていた。

あの女は楽しんでいた。池谷のうめきを、嗚咽《おえつ》を。

さんざんなぶられた。

それでも三時間は耐えた。切り抜ける道を探した。しかし手足は縛られ、叫んでも外に声はもれず、あらゆる望みを絶たれ、心が折れた。

「あ、あ、あ……」

恐怖を思い出し、脳がパニックになった。

「カッカッカッ」

閻魔大王は、腹を抱えて笑いころげた。

「いやあ、傑作、傑作。おまえにふさわしい死に方じゃないか。かわいそうでもなんでもない。痛快じゃ。感極まれりとは、まさにこのこと。カッカッカッ」

閻魔大王は、一升瓶をラッパ飲みした。

「さぞや痛かったろう。さぞや苦しかったろう。いい気味じゃ。まあ、自業自得じゃな。人間の死に様ってのは、そういうもんじゃ。どういう人生を生きてきたかが、最後の死に様に表れるんじゃ。世のため人のために生きてきた者は、最後は人に囲まれて死ぬ。自分勝手に生きてきた者は、最後は一人ぼっちで死ぬ。そして人を傷つけて生きてきた者は、最後は傷つけられて死ぬ。これを因果応報《いんがおうほう》、悪因悪果《あくいんあっか》という」

閻魔大王の笑い声が、高らかに響いた。

「あの中岡という女、たいした玉じゃな。畳の上では死ねない女じゃ。寿命をまっとうすることはないじゃろう。どんな非業の死を遂げるか、今から楽しみじゃい。死んでここに来たら、地獄の番人にスカウトしてやってもいい」

閻魔大王は、襟を正した。

「では、審判を下す。きさまは地獄行きじゃ。言い訳無用。どうせおまえにしゃべらせても、嘘八百をまきちらかすだけじゃからな」

「そんな……」

「見れば、おまえは前世でも、前前世でも、同じ罪を犯しちょる。地獄の鬼どもは何をやっとんのじゃ。浄化が足りん。きちんと浄化して生き返らせないから、生まれ変わってもまた同じ罪を犯すんじゃい。地獄の鬼どもにきつく言っとかんといかんな。徹底的に容赦なく罰を与えろ、と」

「待ってください。僕は――」

「判決を下す。おまえの刑は、一万回同じ死に方をする、じゃ。地獄の三時間を、あと一万回くりかえすといい。以上」

――画面が切りかわる。

パチ、パチ、と頬を叩く衝撃で目が覚めた。

「あ、起きた」

目を開けると、阿賀里の顔があった。ひどい頭痛と耳鳴りがした。

「おはよう、オサムくん」

第3話

浦田俊矢　34歳
会社社長

死因　撲殺

To a man who says"Who killed me,"
she plays a game betting on life and death.

1

夏の甲子園《こうしえん》決勝。

マウンドに立つ浦田俊矢《うらたとしや》は、大きく息をついた。

額から汗がしたたり落ちる。

ホームベース上は陽炎《かげろう》のように揺れている。暑さによる自然現象なのか、疲れで意識が朦朧《もうろう》としているだけか、自分でも分からない。

帽子を取り、汗をぬぐった。

九回裏。

スコアは五対四。ツーアウト、二塁三塁。

あとアウト一つで優勝。しかし一打逆転の場面でもある。

バッターは三番の衣川《きぬがわ》。左打ち。

バットスイングが鋭く、選球眼がいい。ストレートにタイミングを合わせて、変化球にも遅れて対応するタイプだ。打率は三割五分。二打席目に二塁打を打たれている。甘い球を投げれば、確実にミートされる。

衣川がバッターボックスに入る。この局面でも、気負いは見られない。

野球は心理戦だ。バッターが打ち気にはやっているなら、打ち気をそらす。緊張で気圧《けお》されているなら、力で押す。

しかし衣川は無心で打席に入ってくる。

何も考えていない奴は、何を考えているか分からない。

いや、緊張はしているのだろう。しかし、それでフォームが乱れることはない。基礎練習をやり込んでいるからだ。それと、ひざが柔らかい。

嫌なバッターだな、と浦田は思う。

ランナーは無視していい。衣川を打ち取ることだけ考える。

「しまっていこうぜー!」

同じ三年、キャッチャーの日比野剛《ひびのたけし》が声を張りあげた。

「プレイ」主審の声がかかる。

日比野のサインはストレート。外角いっぱいにミットをかまえる。

浦田はセットポジションを取り、投げた。

ボールを指から離すタイミングが早すぎて、浮いてしまった。キャッチャーが立ちあがってキャッチ。ワンボール。

二球目。スライダーのサイン。真ん中から内角に入っていくスライダーで、引っかけさせて内野ゴロ狙い。浦田は投げた。ボールは狙ったところにいった。しかし衣川はバットを振らない。ストライク。

三球目。ふたたびスライダーのサイン。だがボールが指に引っかかりすぎて、キャッチャーの手前でバウンドした。日比野が身体で止めて、ボールを前に落とした。

ワンストライク、ツーボール。

日比野が、肩の力を抜け、と肩を揺するジェスチャーをした。浦田が緊張して失投したと思っているようだ。

だが、肩に力は入っていない。というか、そんな余力もない。

県予選から甲子園決勝まで、ほぼ一人で投げ抜いている。

連日、三十五度を超す猛暑日。

身体はとっくに限界を超えている。甲子園はトーナメント戦だ。一戦ごとにピッチャーは疲弊し、バッターに有利になる。

目がかすんだ。周波数の合っていないラジオみたいに、歓声にザーっという雑音が混じっている。自分の呼吸音だけがやけに聞こえる。

ピッチャーは孤独だ。

球数は百四十球を超えただろうか。

気にしないことにした。一球一球、全力で投じるだけだ。

日比野のサインはストレート。ミットを外角にかまえる。

衣川に内角は危険だ。二打席目、内角に甘く入ったストレートを右中間に運ばれた。四球目を投じた。ボールは狙ったところにいった。衣川がバットを振る。流し打ち。三塁線に打球が飛ぶ。ボールはサードの頭を越した。大きくスライスして曲がり、わずかにラインを割った。ファウル。

冷や汗をかく。フェアゾーンに落ちていたら、逆転負けだった。コースが外角に決まっていたのがよかった。

しかし、あんなに簡単に打ち返されるとは。

ストレートは何キロ出ているのだろう。浦田の最高速は百五十二キロ。しかし今は百四十キロも出ていない。右手の握力が死んでいる。

五球目、カーブのサイン。だが、リリースポイントでボールが抜けてしまい、大きく外れてボール。

ツーストライク、スリーボール。追い込まれた。

四球は出したくない。次の四番に強打者が控えている。

プロ入り確実のスラッガーだ。今大会、四本のホームランを打っている。今日も四打数二安打二打点。得点圏打率は四割を超える。

ピッチャーからすると、打ち取ったと思った外野フライが、スタンドに入ったりする。パワーもさることながら、打球をホームランの軌道に乗せるセンスがすごい。打率は二割七分だが、それはホームラン狙いで大振りするからで、ホームラン数が半分でいいなら、三割は楽に打てる。得点圏にランナーがいるときは、確実にランナーを返すためのバッティングをしてくる。

今の自分の力でどこまで抑えられるか。

衣川で終わらせたい。延長は無理。このバッターで終わらせる。

六球目、日比野のサインはスライダー。四球を避けたい気持ちは同じだ。ミットを真ん中にかまえた。

浦田は投げた。

投げた瞬間、少し抜けた気がした。スライダーの曲がりが甘い。

衣川はひじをたたんで、タイミングを合わせる。バットの芯でボールをとらえた。カキンと、きれいな音が鳴った。

しかし身体を開くタイミングがやや早くて、ボールは一塁側スタンドに一直線で向かった。ファウル。

助かった。

衣川は選球眼がいい。めったに三振しない。そして四球でもいいと思っている。満塁で四番につなげるのだ。

苦しい。あとアウト一つなのに、勝利が遠く感じられる。

七球目、日比野のサインはスライダー。

浦田は首を横に振った。日比野は、とまどったように動きを止めた。それからカーブにサインを変更した。浦田は、それも首を横に振る。日比野は、ふたたびスライダーにサインを戻す。浦田は首を横に振った。

日比野は主審に「タイム」をかけた。マウンドまで走ってきた。

「どうした？」

「ストレートだ」と浦田は言った。

「いや、ストレートは合わされている。第一、今のおまえのストレートは……」

威力がないと言いたいのだろう。

しかし言わせてもらえれば、今この状況で、自信をもって投げられる球などない。ストレートは威力こそないが、コントロールできている。変化球はストレートほど制御できず、今の握力では抜ける可能性が高い。

四球を出して、満塁で次の四番と勝負するより、今の力で出せる渾身《こんしん》のストレートで衣川と勝負したほうがいい。

「ストレートだ」浦田はもう一度、言った。

「待て。衣川はストレートにタイミングを合わせている。変化球なら、打ち損じの可能性がある」

浦田は、日比野に背を向けた。

ロージンバッグを握る。日比野を無視して、早く戻れと態度で催促する。

日比野は言った。

「聞けよ。四球目のストレートを見ただろ。外角いっぱいに決まっても、きれいに打ち返されたんだぞ。ファウルになったのはたまたまだ」

ストレート以外は投げないと、もう決めている。日比野を無視した。

同じ三年、ファーストの新垣淳一《あらがきじゅんいち》が走ってきた。

「なにやってんだよ」

日比野が言う。「いや、浦田が……」

「ストレートだ」浦田は言った。「俺はストレート以外投げない。早く戻れ」

「おまえのストレートは死んでるんだ。打ってくれと言っているようなものなんだよ」

「投げるのは俺だ」

「なんだと」

「やめろよ」新垣が止めに入った。「いいよ。浦田の好きにさせよう。浦田が自信をもって投げられる球でいいじゃないか。なあ浦田。それで抑えてくれるんだよな」

浦田は返事をしなかった。

主審がマウンドに歩いてきた。プレイに戻るように催促しに来たのだろう。

それを見て、日比野が言った。

「分かった。おまえの好きなようにしろ」

日比野は不満顔のまま、ホームベースに戻っていった。

新垣は左利きの選手だ。左手で、浦田の肩をぽんと叩いた。

「優勝しようぜ。頼むぞ」

新垣は一塁ベースに戻っていった。

プレイが再開される。

日比野が座って、ストレートのサインを出す。ミットを外角にかまえる。

浦田は大きく息を吸った。

おまえらに何が分かる？

誰のおかげで、決勝まで来られたと思っているんだ？

野球はピッチャーだ。ピッチャーが悪ければ、トーナメントは勝ち抜けない。浦田一人で投げ抜いてきたからこそ、ここまで勝ちあがってこられたのだ。

誰よりも練習した。吐くほど走り、指に血がにじむほど投げ込んだ。

俺の才能と努力のおかげで、ここまで来られたんだ。おまえらはその恩恵にあずかっているだけ。

ピッチャーは俺だ。

この一球で決める。渾身のストレート。魂で投げる。

ちらっとベンチが目に入った。

監督の隣。同じ三年の女子マネージャー、杉原雅代《すぎはらまさよ》がスコアブックを持ち、浦田を見つめている。

ベンチには、入院中の目黒風太《めぐろふうた》の回復を祈った千羽鶴《せんばづる》がかけられている。

衣川がバットをかまえる。

打てるものなら、打ってみろ。

浦田は、足を高く上げて踏み込んだ。指の先まで神経をめぐらし、放った。

外角いっぱい。いや、わずかに内に入る。

衣川が振りにくる。カキン。バットの芯にミートする音。

センター返し。打球が浦田に向かってくる。

グローブを伸ばした。だが、届かない。ボールは浦田の横を通り抜ける。

セカンドが飛び込むが、届かない。センター前ヒット。

三塁ランナーがホームに返る。同点。

二塁ランナーも三塁ベースを蹴った。

センターがボールをキャッチする。だが手元でファンブルして、返球が遅れる。ボールを握りなおし、キャッチャーに向かって投げた。

ランナーがホームベースに頭からすべり込む。日比野がボールをキャッチし、タッチにいく。

ランナーのほうがわずかに速い。

浦田は舌打ちして、グラウンドにつばを吐いた。

満員の甲子園に静寂が下りる。

すべての歓声が消え、その一秒後、「セーフ」という主審の声が響きわたった。


目が覚めた。

浦田は車の助手席にいる。シートベルトで胸が締めつけられ、息が苦しかった。

久しぶりに古い夢を見た。

あの夏から十六年の歳月が過ぎていた。

運転しているのは、あのときファーストを守っていた新垣だ。坊主頭ではなく、今は茶髪に染めている。

「起きたか？」と新垣は言った。

「ここは？」

「もうすぐだよ。あと二十分くらい」

車は軽井沢に向かっている。

浦田が建てた新築の別荘がある。総額で五億かかった。二階建ての7LDK。高原の緑地帯にあり、とても静かな環境だ。

先週、完成した。今日、家具の搬入があり、野球部の日比野と新垣が手伝いに来てくれることになっていた。

昨夜は朝まで仕事があった。浦田の車だが、新垣に運転を代わってもらっている。

新垣と会うのは半年ぶりだ。久しぶりに昔の仲間と会ったせいで、古い記憶が喚起されたのかもしれない。

高三の夏、あの時点で思い描いていた未来とは、異なる人生を歩んでいる。

野球選手としては、あれがピークだった。

高校卒業後、巨人にドラフト一位で入団した。しかし、その後は故障に泣かされた。ひじを故障し、手術して治ったら、今度は肩を痛めた。それが治ったら、またひじの故障の再発。計三度の手術をおこなった。

プロ四年目になり、ピッチング練習ができるまでに回復した。しかし球威は戻らなかった。三度の手術で損《そこ》なった右腕では、百四十四キロが限界だった。速球派投手の見る影もなかった。

投げ込んでフォームを固めれば、少しは球威も戻ったかもしれない。しかし無理に投げ込めば、また故障するのは目に見えている。

要するに、浦田の右腕は死んだのだ。

見切りは早かった。

契約切れになるその年、戦力外通告を受けるまえに、引退を発表した。

プロ生活四年で、一度の一軍登板もなかった。かつての甲子園のスター、浦田の引退記事は、スポーツ新聞のたった五行でしかなかった。

浦田は野球を捨てた。同時に、プライドも捨てた。知人の伝手《つて》で、スポーツジムのトレーナーとして働きはじめた。

それから十二年。

浦田は現在、ビジネス誌で、四十歳以下の若手実業家、五十人の一人に数えられるほど成功をおさめた。

浦田は研究熱心な一面を持っている。

選手時代につちかったトレーニング理論に加えて、故障が多かったせいで、スポーツ医学にも精通していた。そこに実体験を加えてアレンジし、独自のトレーニングメソッドを確立した。ちょうど体幹トレーニングが流行《はや》りだしたころだった。研究の成果をまとめた本を出したら、ベストセラーになった。

プロの契約金が手つかずで残っていた。著書の印税も合わせて、浦田はスポーツジムの経営に乗りだした。男はマッチョに、女はスリムに。短期間で劇的な効果を生む浦田メソッドは、たちまち注目された。順調に事業を拡大して、現在は日本各地に八店舗のジムを持っている。

今では実業家として知られ、浦田がプロ野球選手であったことを知らない人も多い。

三十四歳になった。

日焼けした坊主頭の野球少年たちは、すっかり姿を変えている。新垣は現在、書店で働いている。キャプテンだった日比野は、焼肉店を経営している。

あの夏の熱狂は、幻であったかのようにさえ思える。

新垣が運転しながら言った。

「日比野たちはもう来てんのかな」

「たち?」

来るのは新垣と日比野の二人だけと聞いていた。

「ああ、聞いてないのか。風太も呼んだって言ってた。暇らしいから」

「風太も来るのか?」

「べつにかまわないだろ」

「でも風太が来ても、仕方ないだろ」

「そういう言い方はねえだろ。そりゃあ、荷物を運んだりはできないけど」

「いや……」

「だいたい風太はおまえのせいで……。いや、なんでもない」

目黒風太。野球部の一年後輩だ。

あの夏は、二年生にしてライトのレギュラーだった。だが、それも県予選まで。甲子園には出ていない。練習中の事故で入院していたからだ。

送りバントの練習中だった。

一塁ランナーは風太。バッターがバントし、ピッチャーである浦田の前に転がった。二塁に間に合うと判断し、ボールを拾って二塁ベース上に投げた。

だが、ボールがそれた。

その球が、二塁ベースにすべりこんだ風太の首に直撃した。さらに、それたボールをキャッチしにいったショートと正面衝突した。

何がどうなったのかは分からない。

風太はぐったりして動かなかった。救急車で搬送された。頸髄《けいずい》の損傷で、下半身に麻痺が起きた。以後、車椅子《くるまいす》生活を余儀なくされている。

もちろん故意ではない。練習中の事故である。

浦田の投げ損じが招いたものではあるが、不運が重なったもので、特に自責の念は感じていない。スポーツでは起こりうることだ。

風太は野球をあきらめた。今は通販会社の事務をしている。日比野や新垣がかわいがっている後輩の一人である。

新垣が言った。「でも風太は、このまえドローンの大会で優勝したんだぜ」

「へえ」

「なんか、お祝いしてやらないとな」

風太は車椅子だが、上半身は使える。もともとゲームが好きで、趣味でドローンをやっていることは聞いていた。

しかし大会で優勝するほどの腕前とは知らなかった。

「風太は、ドローンの仕事はしてないのか?」

「本人はやりたいみたいだよ。空撮カメラマンとか。でも車椅子じゃ厳しいだろ」

風太の仕事は、座ったままの電話のオペレーターらしい。

「あと、杉原も来るって言ってた」

「杉原?」

「なあ、浦田。杉原とはどうなってんだ?」

「どうもこうもない。終わったことだ」

杉原雅代は、同学年の野球部のマネージャーだった。

野球部は恋愛禁止。杉原と付き合うようになったのは、甲子園が終わったあとだ。

そして別れたのは、プロ野球の引退を決めたとき。

つまり二人の交際期間は、浦田にとって栄光から挫折への転落期。故障とリハビリの、苦痛と焦りの日々だった。

その時期、浦田は荒れていた。

故障して、復帰しても、また故障。投げられないもどかしさ。怪我の再発の恐怖。二十四時間つきまとう痛み。周囲からの「あいつは終わった」という声。かつての甲子園のスターが忘れ去られていく不安。

その心のはけ口が、恋人に向かった。

杉原は当時、大学生だった。自分の生活があり、人生の目標があった。

それでも杉原なりに浦田を支えようとしたのかもしれない。その献身さえ、浦田にはうっとうしかった。プロの世界で崖《がけ》っぷちに立たされている浦田と、普通の女子大生の温度差。おまえに何が分かるんだという感情の増幅。

浦田が引退を決めたとき、杉原から告げられた。

「別れましょう」

杉原は大学四年だった。就職も決まり、新たな人生を踏み出そうとしていた。浦田も野球を捨てる覚悟だった。

野球も恋人も捨てた。ゼロからのスタート。

それっきりだ。

当時は「雅代」と呼んでいたが、「杉原」に戻った。

それ以後も、野球部の行事で会うことはあったが、言葉は交《か》わしていない。

最後に会ったのは、五年前の日比野の結婚式だ。だが、日比野が気を使って別のテーブルだったので、目も合わせていない。

「浦田。おまえって彼女いるの？」

「いない」

「結婚とか考えないのか？」

「考えないな」

新垣はけらけら笑った。

「まあ、おまえって結婚願望なさそうだしな。一人で完結しているっていうか、女なんて邪魔だとか言いそうだし。俺たちの仲間うちで結婚していないのは、俺とおまえと杉原と風太だけだ。杉原はどうなの？　男いるの？」

「俺が知るわけないだろ」

「だな」新垣は苦笑した。

「新垣はどうなんだ？　結婚を考えている相手はいるのか？」

「俺は結婚どころじゃねえよ。フリーターだぞ」

「まだ小説なんて書いてるのか？」

「なんだよ、その言い方。才能ないから、やめろってか。嫌な奴だな、おまえ」

新垣は高校卒業後、一浪《ろう》して私大に入った。そこでミステリー研究会に入り、推理小説を書きはじめた。

卒業後も、推理作家になるために、書店でバイトしながら書き続けている。しかし、十年以上やっても芽が出ていない。

「まあ、そう言われても仕方ねえけどな、俺の場合」

「…………」

「俺もやばいけど、日比野の店もやばいみたいだし」

日比野は結婚していて、子供が二人いる。焼肉店を経営しているが、繁盛していないと聞いていた。

「結局、なんだかんだで、成功しているのはおまえだけだな」

新垣は笑った。形だけの、皮肉まじりの笑いだった。

「こちらにサインをお願いします」

浦田は、引っ越し業者の作業完了確認書にサインをした。

あらためて搬入した荷物のリストを見る。

頼んだのは、富裕層専門の引っ越し業者だ。富裕層は私物が高価で、皿一枚が何十万ということもある。そこで損傷、紛失、盗難などが起きないように、引っ越し作業にかかるまえに、運びだすものの詳細なリストを作る。

数量だけでなく、特に高価なものはメーカー名まで記載する。なにかあった場合は、このリストをもとに保険が下りる。

家具や家電は、引っ越し業者が設置した。細かいものは段ボールに入ったままで、自分たちで入れていく。

荷物は多くない。この別荘にはまとまった休日に来るだけだ。

普段は、会社近くの賃貸マンションで寝泊まりする。この別荘用に購入した家具や家電は、来週以降に運び込まれる予定だ。

「ありがとうございました」

業者は仕事を終えて、帰っていった。

浦田はリビングに戻った。

別荘に着いたとき、すでに日比野と杉原と風太も来ていた。そのあと引っ越し業者が来て、搬入作業がはじまった。

浦田は書斎で、書類を整理していた。日比野は二階で寝具などを入れ、杉原はキッチンを片づけていた。

杉原とはまだ一言も話していない。

日比野は、浦田と杉原の関係を知っている。それなのに、なぜ杉原を呼んだのか。それも、浦田に断りもなく。

杉原もどういうつもりだろう。日比野の結婚式はともかく、浦田の手伝いなんて、よく来られたものだ。

日比野が二階から下りてきた。

「布団は全部しまったぞ。あとは何かあるか？」

「玄関の照明をつけてくれないか」と浦田は言った。

「分かった。あれ、新垣と風太はどこに行った？」

二人がいなかった。

杉原が少し笑って、窓の外の庭を指さした。

見ると、新垣と風太がいた。二人はドローンを飛ばして遊んでいた。

「遊んでやがる。あいつら、なにしに来たんだ？」

元キャプテンの日比野は、窓を開けて叫んだ。

「こら、手伝え！」

「おお、こわっ」と新垣が言う。

「すみませーん」と風太が謝った。

高校を卒業して、十六年が経つ。それぞれ立場も性格も変わっている。それなのに、こに、ともに怒られる役。

のメンバーで集まると、自然とあのころの関係性に戻っている。日比野はキャプテンに、杉原はマネージャーに、新垣は練習をサボって怒られる役、風太は一緒にサボり、ともに怒られる役。

そして浦田は、四番エースの王様。

キャプテンに怒られて、新垣と風太はドローンをやめた。風太の車椅子を新垣が押して戻ってくる。新垣が風太をおんぶして、室内に入れた。

「ちょっと休憩しようぜ」と新垣が言った。

「休憩って、おまえらは遊んでいただけだろ」と日比野。

「へへっ」

新垣はいたずらっぽく笑って、キッチンに行き、汚れた手を洗おうと蛇口をひねった。

だが、水が出なかった。

「あれ、浦田。水が出ないぞ」

「えっ」

他の水道を調べたが、やはり出ない。トイレも流れなかった。

「そういや、水道局に連絡してなかった」

すぐに電話した。

だが水道を通すには、ちょっとした工事が必要らしく、すぐには対応できないということだった。明日の昼、工事に来ることで話が決まった。

「明日の昼まで水道は使えない。すっかり忘れてた」

日比野が言う。「飲み物はジュースがあるからいいけど、問題はトイレだな。男は外で立ち小便でもいいけど、杉原は困るよな」

「いちおう携帯トイレはある。災害用のだけど」

新築にそなえて、災害の際に四人が五日間暮らせるだけの水と食料、携帯トイレの備蓄はしてあった。携帯トイレは袋の中に砂が入っていて、尿は砂が吸収し、大便は砂が覆って乾燥させて、匂いも吸収してしまうというものだ。

「いや、でも、携帯トイレなんて嫌だろ。杉原」

「私はべつに平気だけど」と杉原は言った。

「風呂《ふろ》はどうすんだよ」と新垣。

日比野がスマホで調べる。

「近くに温泉があるから、みんなで行くか。トイレはなるべくそこで済まそう。どうしてもしたくなったら携帯トイレで」

四人は別荘に泊まり、明日の朝、帰ることになっていた。

夕方までに作業はほぼ終わった。

日比野と杉原は、庭でバーベキューの準備をはじめた。

浦田はリビングで、家電のセッティングをする。

新垣と風太は段ボールから小物を出して、キャビネットにおさめていた。風太が小物を取りだして、新垣が棚に並べていく。

新垣が言った。

「しかし、この家には野球に関するものがまったくないな。浦田、もう野球はやってないのか?」

「やってない」

「だったら、俺の野球チームに入れよ。おまえなら、すげえ戦力になる」

「やらない」

「あっそ」新垣はため息をついた。「プロ野球時代のユニホームはどうしたんだ?」

「捨てた。引退したときに」

「おまえらしいな。でも、さすがにあれは残してあるだろ。甲子園の準優勝メダル。あれはどこだ?」

「捨てた」

「えっ、あれも?」

「ああ、野球のことはすべて忘れることにしたんだ」

「そうなのか」

新垣は、苦々しい顔をした。大切な思い出を踏みにじられたような、でも怒るに怒れない。それで、へそを曲げたような顔になった。

風太が、気まずくなった空気を取りもつように言った。

「あ、これ、なつかしい」

風太が段ボールから取りだしたのは、ボトルシップだった。

瓶のボトルの中に、船の模型が入っている。

中に入っている模型は、瓶の飲み口より大きい。つまり中の模型は、瓶を割らないかぎり取りだせない。どうやって作るのかというと、ピンセットで飲み口から模型のパーツを一つずつ入れ、瓶の中で組みたてるのだ。

杉原の趣味の一つだった。

付き合っていたころにプレゼントされたものだ。別れたとき、杉原に関するものはすべて捨てた。だが、これだけはどこかの棚に入っていて、忘れていた。それを引っ越し業者が持ってきたようだ。

「浦田先輩。これって、杉原先輩が作ったものですよね」

「ああ」

「いいなー。僕もこういうやつ、一つ欲しいなあ」

「やるよ」

「えっ。でも、そういうわけには……」

風太も、浦田と杉原の関係を知っている。風太は気まずそうに、ボトルシップを新垣に手渡した。新垣は棚の上にぽんと置いた。

夜になり、バーベキューになった。

肉は、焼肉屋の日比野が持ってきた。日比野が肉を焼く係で、みんなで食べた。

「おいしい」と風太が言う。

「すげえ高い肉を持ってきたな」と新垣も言った。

確かに、奮発して高い肉を持ってきたようだ。みなおいしいと言っている。

だが、浦田はそうは感じなかった。

日ごろ、高価な肉を食べているからだろう。普通の焼肉屋の最高級品でも、浦田にはそれほどには感じない。

「しかし、この別荘、すげえセキュリティーだな。あちこちから監視されている気がするぜ。まるで刑務所だ」

新垣は、二階軒下についている防犯カメラを見上げていた。

別荘に設置されている防犯カメラは計七台。

すべて最新式だ。三百六十度、建物から二十メートルの範囲はすべて映っている。つまり別荘の二十メートル以内に近づけば、必ず防犯カメラに映る。

設置したのは警備会社だ。すでに作動していて、ネット回線を通じて警備会社に映像が送られ、常時録画されている。

平日、別荘は無人になる。

不在を狙った別荘の空き巣被害は少なくない。壁に落書きする輩《やから》もいる。警察に訴えたところで、犯人が映っている映像くらいないと、まともに捜査してもらえない。もちろん犯罪の抑止効果も期待できる。

防犯にはかなり気を使っている。窓は防弾ガラスを使っているし、不在時や就寝時にセキュリティーシステムを作動させておくと、たとえば空き巣犯が窓を割ろうと、外側から打撃を加えただけで、振動を感知して警報が鳴り、警備会社のスタッフが駆けつける仕組みになっている。

というのも、以前、窃盗被害にあったことがあるのだ。それも就寝中に。

そのころは防犯意識が低く、マンションの七階ということで油断していた。しかしプロの窃盗犯となると、建物の高さは関係ないらしい。警察の調べでは、犯人はまるでSATのように屋上から降下してベランダに下り、ガラスを割って侵入した。腕時計など、金目のものを一千万円ぶん持っていかれた。

そのとき防犯に詳しくなった。就寝中に侵入された怖さもあり、別荘の防犯に関しては徹底的にこだわった。

バーベキューのあと、日比野と杉原は後片づけをしていた。

新垣と風太は、またドローンで遊んでいる。新垣は初心者のようだが、風太の指導で、離陸と着陸はできるようになっていた。

「やりにくいんだよな、これ」と新垣がぼやく。

新垣は左利きだ。右利き用のコントローラーに苦戦していた。

「風太。これって、どれくらいまで飛ばせるんだ？」

「初心者用なので、電波が届くのは五十メートルです。でも、数キロ先まで飛ばせるものもありますよ。今日は持ってきてないですけど」

「じゃあ、今度はそれ持って、どこかに遊びに行こうぜ」

新垣に代わって、風太がコントローラーを持った。

ドローンは上空高く舞いあがった。

風が強いが、風太がうまくバランスを取っている。ドローンには小型カメラが搭載されていて、風太のスマホで映像を見ることができる。カメラの角度を下に向けると、地上にいる五人が映しだされた。

「あ、俺たちが映ってるぞ」

新垣は、上空のドローンに向かって手を振った。スマホの画面に、手を振っている新垣が映った。

風太は、ドローンを大きく旋回させた。

別荘より高く舞いあがり、スマホの画面に屋上が映った。別荘の屋上には卓球ができるくらいのスペースがあり、日向ぼっこができる。風太は一度そこに着地させた。ドローンは目に見えないところに行ったが、スマホの画面で位置を確認しながら、イメージだけでコントロールしている。

ドローンはふたたび飛び立ち、別荘を一周回って戻ってきた。

「さすがは大会優勝者だな」と日比野が言った。

風太は照れた表情を浮かべる。

夕食後、みんなで温泉に行こう、という話になった。

みんなが準備をするなか、浦田は椅子に座ったままだった。

「浦田、早くしろよ」と新垣が言った。

「いや、俺は風呂はいいや。仕事も残っているし。おまえらだけで行ってきて」

四人は顔を見合わせた。

「そうか。じゃあ、俺たちだけで行ってくるわ」と日比野が言った。

新垣が風太の車椅子を押して、日比野の車に乗り込んだ。

四人は温泉に行った。

浦田は別荘に残り、息をついた。

気疲れを感じた。本来、野球部の気の許せる仲間なのだが、浦田のみ、どこか疎外感がある。輪に入りづらい。

過ぎ去った年月のせいもある。

今日一日、久しぶりに会った四人をそれとなく観察していた。

もう高校生ではない。中年の域に入っている。だが、あまり成長を感じられない。高校生のころの短所が、そのまま残っている。

――なんだかんだで、成功しているのはおまえだけだな。

新垣の言葉が耳に残っていた。

新垣はフリーターだ。推理作家を目指しているが、二十歳からなので、もう十四年目になる。

小説家など、才能があってなんぼの世界である。才能がなければ、努力しても無駄だ。努力は必要だが、それも才能あってこそ。資質のある人間が血眼《ちまなこ》になって努力すれば、五年以内、遅くとも十年以内には花が咲くだろう。十四年やってダメなら、才能がないか、努力が足りないかのどちらかだ。

第一、新垣がどれほどの努力をしているだろう。

死にもの狂いで努力している人間なら、もっと目が飢えている。精神的に追い込まれているのを、気力で持ちこたえているギリギリの悲壮感がある。人生を棒に振ってもかまわない、それでもかなえたい夢がある、というなら、もっと捨て身になっているはずだ。しかし新垣からは、そんな必死さは感じられない。

新垣は集中力に欠けている。今日もそうだが、すぐに作業に飽きて、ドローンで遊んでいた。

高校生のころから変わらない。八番ファースト、打率は二割そこそこ。野球センスこそ優れていたが、それを磨く努力をしなかった。基本となる素振りや走り込みをサボりがちで、基礎が固まらない。生乾きで仕上げたコンクリートが、経年劣化ではがれ落ちるように、真夏の連戦で疲れがたまってくると、フォームが崩れてしまう。だから打率が上がらない。

おまけに過去の栄光にひたっている。甲子園準優勝が、新垣の誇りなのだ。それだって新垣の力で勝ち取ったものではない。新垣個人の成績は凡庸なものだった。いわば準優勝チームにたまたまいただけ。

どうせ今も同じだろう。

小説家を目指していながら、どこまで真剣に取り組んでいるのか。

小説家になれる人間なんて、なりたい人間の千人に一人だ。野球少年がプロになれる確率とほぼ同じ。古今東西の推理小説を読み込み、研究を重ねてアイデアをひねり出し、自分の全生活を生け贄《いにえ》として差し出す。どんな時間も、どんな物事も、小説を書くことにつなげる。脇目《わきめ》もふらず、世間体も気にせず、ストイックに挑戦するくらいでないと、夢には届かない。

引っ越しの際中、新垣は風太と遊びにいく約束をしていた。しかし本来、遊びにいく余裕なんてないはずだ。趣味でやっている草野球もそう。

結局、新垣には中途半端《ちゅうとはんぱ》な才能と努力しかない。

休日に休んでいるようではダメなのだ。漫画を読んで、ゲームをやって、スマホをいじって、なんとなく休日を過ごしているだけの凡庸な人間が成功できるほど、プロの世界は甘くない。

やるだけやっていないから、自分の才能を見切るということもできない。夢を持っていることを言い訳にして、だらだらフリーターをしている自分を正当化しているだけではないのか。

浦田はプロ野球を引退したとき、野球は捨てた。

ジムの経営をはじめてからは、年中無休、会社のソファーで一日三時間眠るだけの生活を五年間、続けた。高卒の浦田が経営をゼロから学ぶために、読まなければならない本は山ほどあったし、自分にとってプラスになること、成功するために必要だと思うことはなんでも貪欲《どんよく》に取り組んだ。

そのためにプライベートは空にした。趣味も友人も恋人も作らず、仕事に狂うことを自分に課した。

九時五時で仕事をしている奴なんか、絶対に成功しない。過労死するくらい働いて、死なない体力と根性のある奴が成功する。

今は余裕ができて、少しは休みも取るようになった。それでも平均的なサラリーマンの倍は働いている。

成功者と凡人のちがい。勝ち組と負け組を分かつものはなにか。

覚悟だ。

小説家になりたいのなら、それ以外のすべてを捨て去る。自分を楽させるものは、身の回りから排除する。過去の栄光など邪魔なだけだ。

残酷に自分に鞭を打つ。その覚悟のない者に、神は微笑まない。

新垣を見ていると、それがよく分かる。

日比野もそうだ。

日比野は誠実な男である。それは認める。だが経営者として見たとき、研究熱心さが圧倒的に足りない。

焼肉店で成功したいなら、まずは日本中の名店を回って、名店と呼ばれる店の水準、値段の相場感覚を身につける必要がある。そのうえで、売れる店と売れない店のちがい、いい肉とはどういう牧場で育てられた肉か、生産、流通、調理法にいたるまで、一冊の本が書けるくらい研究し尽くさなければならない。

この店はなぜこの値段で、このクオリティーの肉を出せるのか。この店のタレには何が入っているのか。その秘密を店の人に聞いても、教えてはくれない。だったら自分で調べる。その店のゴミ箱をあさるくらいはしていい。店にとっては迷惑だろうが、それくらいの根性がないと成功しないのも事実なのだ。

それだけの勉強をしたうえで、自分の店のストロングポイントを、肉の質にせよ、値段にせよ、どこかに見つけて強化する。それが見つかるまで、言いかえれば、絶対に成功するという確信を得られるまで、開店してはいけない。

日比野の店は、すべてが普通だった。

清掃も店員の教育もしっかりしている。だが、あとは平均値。過当競争の時代に、誠実さだけが売りの、ひどく無邪気な店に思えた。それでは大量仕入れで安価にできる大手チェーン店にはかなわない。

浦田はジムの経営をはじめるとき、日本全国のジムを見てまわった。自分の知識や経験に頼らず、最新の論文にも目を通したし、今も通し続けている。ジムに来る客が何を求めているかも必死で考えた。

ジムに来る目的は、男はマッチョになるため、女はダイエット、が多い。彼らが共通して求めるのは、短期間で効果を得ることだ。

そこに目をつけた。

基本的に人間は、どんな怠け者でも、短期間なら頑張れる。長期間ハードな努力を続けるには才能がいるが、ごく短期間ならやれる。

筋肉は、比較的すぐにつく。週二、二時間、二ヵ月のトレーニングで、肉体は劇的に変化する。ただし、一つ一つのトレーニングを限界までやることだ。

ダイエットは、体重を減らすだけなら、ダンスなどの有酸素運動のあと、食べなければいい。しかし体調を崩しては困るので、炭水化物を避けつつ、充分な栄養を摂取できる食事メニューを考える必要がある。

栄養士を雇い、料理教室も定期的に開催した。

トレーナーによる声かけも、客に事前に心理テストを受けてもらい、このタイプの人にはこういう励ましが効くというところまでマニュアル化した。基本的に男は美女に、女は美男に見られていると頑張れる。なるべく美男美女のトレーナーを入れ、髪型や服装にも清潔感を持たせた。

成果を実感できるように、原因と結果を数値化することにもこだわった。地元の学校の部活女子には団体割引で安くした。若い女性が多いと、男性客が増えるというデータがちゃんとある。競技環境が整っていないマイナースポーツの有望選手には、無料でジムを使えるようにするなど、スポーツ界への貢献も意識した。

トレーナーはライセンス制にして、半年に一度、知識と実技を問う試験をおこなう。ライセンスが上がれば、給料も増える仕組みだ。年齢や経歴は関係なし。怠けていれば降格し、努力すれば昇格する。

すべては研究の成果である。話題性を作るため、社員のモチベーションを上げるため、客の満足度を高めるため。考え抜き、アイデアを実現するためのシステムを作る。日比野にはそういう努力が足りない。

風太も同じだ。

ドローンの操作技術はすばらしい。しかし技術は、ビジネスにつなげてこそ意味が発生する。それを職業にしたいのなら、まずドローンの需要がどこにあるのかを調査しなければならない。

ドローンは、最近はドラマの空撮に使われる。人間が入っていくことが難しい山岳地帯や災害現場の調査、あるいは城などの高層建築の屋根の点検にも使われる。将来的には運送にも使われるだろう。

需要のあるところに、戦略的に技術を売り込まなければならない。ただしその場合、自分に付加価値をつける必要がある。

ドラマの撮影なら、映像や編集の知識が必要になる。自然調査なら環境学、災害に役立てるなら災害学の知識が不可欠だ。「ドローンの操作技術＋なにか」を身につけて、自分を売り込んでいく。どういう付加価値をつけるかといったところに、ビジネスセンスが求められる。

だが、風太にはそういう姿勢が感じられない。ドローンを飛ばすのが楽しくて、それで満足しているように見える。

ドローンの操作技術を持つ者は少なくない。そこには当然、競争が発生する。そもそも風太には車椅子というハンデがある。健常者より、スタート時点で一歩遅れている。ハンデがあるからこそ、より自覚的にならなければならないはずなのに、風太はむしろ、ハンデがあるから無理なんだと、最初からあきらめている節がある。ハンデがあることを言い訳にして、自分に甘えている。

負け組には、負け組になる理由がある。三人を見ていると、それが分かる。

杉原はあいかわらずだった。

三十四歳。さすがに老《ふ》けた。

自己主張はせず、気づいたことはぱっとやる。バーベキューのときも、きびきび働いていた。よく言えば良妻賢母《りょうさいけんぼ》。悪く言えば、古い女。

杉原とは一度もしゃべっていない。目も合わせていない。

何をしに来たのだろうか。誘った日比野もだが、杉原もよく来られたものだ。十年以上前に別れた男のことなど、もう意識していないということか。

まあいい。

あいつらは負け犬。それ以上でも以下でもない。

浦田はリビングのテーブルに向かい、パソコンを開いた。

各店舗の店長から、報告や相談、指示をあおぐメールが多数送られてくる。

浦田はすべてに目を通し、長文のメールを返している。この作業だけでも、毎日二時間はかかる。

浦田はいつも通り、仕事をこなした。

二時間ほどして、四人が帰ってきた。

酒を買ってきたようだ。四人はリビングに集まり、缶ビールやカクテル、おつまみを広げた。

浦田は下戸である。飲み会には参加せず、仕事を続けた。

「乾杯！」日比野が音頭を取った。

しばらくして杉原が、小さな箱を取りだした。リボンのついた包装紙に包まれたプレゼント箱だ。

「風太くん。ドローン大会おめでとう。これ、プレゼント」

「えっ。あ、どうもありがとうございます」

風太はプレゼントを受け取り、箱を開けようとする。

「あ、今は開けないで。なんか恥ずかしいから」

「あ、はい。じゃあ家に帰ってから開けます。ありがとうございました」

日比野が言った。「俺もプレゼント買ってきたんだ」

日比野は包装紙に包まれていない、むきだしのポロシャツを風太に渡した。高級メーカーのものだった。

風太は受け取った。「ありがとうございます」

「俺は何も買ってきてない」と新垣が言う。

「いいんですよ。優勝といっても、たいした大会じゃないし」

「帰りに何か買ってやるよ。俺、金ないから、たいしたものは買えないけど」

「いいですって、本当に」

新垣が言う。「おい浦田。風太になんかプレゼントやれよ。金持ってんだろ」

言い方が荒っぽい。かなり酔っている。

四人の視線が浦田に集まった。浦田は言った。

「なにか欲しい物はあるか？」

「いえ、いいんです、本当に。気にしないでください」

「そうか」

「現金やれよ。五万でいいよ」新垣が茶々を入れる。

それで会話はとぎれた。

浦田がしゃべると、場が白《しら》けた雰囲気になるのを察した。

「あと、それから」と杉原が言う。「私、結婚することになった」

「えーっ！」

浦田以外の三人が声をあげた。

「相手は誰？　俺たちが知っている人？」と新垣が言う。

「ううん」杉原は首を横に振る。「会社の上司」

「どんな人？　写真はある？」

杉原はスマホの画面に、その相手の写真を出した。

浦田の目にもちらっと入った。特徴のない普通の男だ。

「年齢は？」と日比野が聞く。

「三十六」

「いつから付き合ってんだ？」

三人からの質問に、杉原は簡潔に答えた。三人は杉原に彼氏がいることさえ知らなかったようだ。

浦田は興味がなかったので、話に入らず、仕事を続けていた。

飲み会は続いた。杉原の結婚話で持ちきりだった。

夜はふけた。

新垣が外に出て、立ち小便をして戻ってきた。

「んじゃ、俺、もう寝るわ」

「僕も」と風太が言う。

新垣は風太をおんぶして、二階に連れていった。

「私ももう寝るわ。おやすみ」

杉原も二階に上がった。

二階に男三人部屋と、女一人部屋を用意してある。

日比野だけリビングに残り、後片づけをしていた。空き缶をまとめている。

日比野は言った。「まだ仕事なのか。大変だな」

「ああ」

日比野は高校時代より肉がついた。浦田に次ぐ運動能力があったが、動きが鈍くなったように感じた。

「ちょっといいか、浦田」

「なんだ?」

「頼みがあるんだ。言いにくいんだが、少し金を貸してくれないか?」

「金?」

「うちの店、ちょっとまずいんだ。夏の日照不足で、野菜が高騰しちゃって。赤字が出ちゃってな」

「いくらだ？」

「二百万あると助かる。もちろん利子をつけて返す」

日比野は嘘をついている。

日比野の店の状況は、ある程度知っている。

日照不足で原材料費が上がっているのは事実だが、それは二の次。競合他社に客を奪われているのが主な原因のはずだ。

客の行動原理はシンプルだ。同じ肉の質なら、より安い店に流れる。

日比野の店の周辺にある焼肉店では、行列ができているところもある。日照不足といった外的条件はどこも同じなので、言い訳にならない。

経営者が赤字の原因について嘘をつくのは最悪だ。店の状況を客観的に見られていない証拠である。

浦田に金の相談をすること自体、異例だ。プライドの高い日比野が、同級生に借金を頼むのは、すべての金策が尽きたからだと考えていい。

浦田は言った。

「無理だな。金は貸せない。おまえのことだから、俺に頼むまえに銀行を回っただろ。そして銀行は、店の状況を見て、融資できないと判断した。つまり採算の悪化は、日照不足などの一時的な事情ではなく、構造的なものだと判断されたんだ。そしてこの店の経営者は、その構造を変革する能力もないと見切られた」

浦田ははっきり言った。相手の短所を指摘するときは、あいまいな表現を使ってはいけない。

「この場合、金を貸すという表現は適切じゃない。返済される当てのない金を貸すのは、ドブに捨てるのと同じだ。『金を貸してくれ』ではなく、『金をドブに捨ててくれ』と頼んでいるに等しい」

「俺はドブか」と日比野は言った。

「ああ、ドブだ」

事実なので、そう言った。

「世の中は競争だ。競争に敗れた者は、すみやかに市場から退出する。それがルールだ。敗者を補助金で救済して延命させるのは、中国の国営企業と同じで、市場をゆがませるだけだ。債務超過のダメ会社が淘汰《とうた》されずに生き残れば、市場全体が過当競争になって、消耗戦になる。誰にとっても迷惑な話だ」

浦田も、かつてはプロ野球の競争に負けた。負けを認めたからこそ、すみやかに市場から退出した。

「そうか。それならいい。今のは聞かなかったことにしてくれ」

日比野は、浦田の返答を予想していたのか、がっかりした様子はない。

後片づけをしたあと、日比野は言った。

「じゃあ、俺も眠るかな」

リビングから出ていきかけたところで、足を止める。

「なあ、浦田。杉原のこと、いいのか？」

「は？」

「結婚するって言っていたけど」

「俺には関係ないだろ」

「そうなのか。いや、俺は、てっきりおまえが……」

「それで気を回して、無断で杉原を呼んだってわけか？」

「まあ、そうだが」

「勘違いだ。俺には未練はない。おまえは、あいつがどういう女か、知らないだろ。あいつが俺と付き合ったのは、俺がプロ野球選手だったからだ。だが、肩とひじを壊してスクラップになったら、あっさり去っていった」

「いや、それは……」

「あのころ、俺はただもがいていた。その後は経営者として、必死だった。過去を振りかえる余裕なんてなかった。今日、久しぶりに顔を見ても、なんとも思わなかった。老けたな、と思っただけ」

「………」

「杉原が結婚しようと、俺には関係ない。どうでもいい」

日比野はあきらめたみたいに、首を振った。

「そうか」

日比野はリビングを出て、二階に上がっていった。

浦田は仕事を続けた。

すべてのメールに返信を終えて、パソコンを閉じた。

外に出て、立ち小便をして、別荘に戻った。

セキュリティーシステムは作動させないでおいた。システムを作動させると、玄関の開閉はできなくなる。解除には暗証番号が必要だ。夜中に立ち小便に出る者もいると思い、作動させなかった。

一階の書斎に入った。

六畳の部屋。天井は高い。普通の家の一・二倍ある。

しかし気密性が高く、窮屈に感じるくらいの圧迫感がある。そのほうが集中力が増す。

仕事に専念したいとき、こもるために作った部屋だ。

窓は一つだけ。

外が見えると気が散るので、高いところについている。手は届かない。電動で開く仕組みだ。換気用の窓なので、首を出せるだけの小窓だ。

その窓をリモコンで開けた。

壁紙はグレー。防音。集中を妨げるものはすべて排除した。

デスクの椅子に腰かけた。

嫌なことを思い出してしまった。久しぶりに手術痕の残る右ひじが痛みだした。

杉原と付き合っていたのは、転落の時期だった。

ドラフト一位の注目株。しかし故障のくりかえし。

野球がやりたかった。マウンドに立ちたかった。プロの世界で暴れてやりたかった。しかしボールさえ満足に投げられない。

怪我だけは自分の意志ではどうにもならない。

怪我さえなければ、俺が日本一の投手であることを知らしめてやれるのに……。

心がすさんでいた。

杉原は普通の女子大生だった。浦田の苦悩など理解できるわけもない。しょせんは日比野たちと同じ、凡人。

いらいらから、杉原にきつく当たった。

三度の手術、そしてもうマウンドには戻れないと悟り、引退を決意したとき。

杉原は「別れましょう」と言ってきた。

未練どころか、恨んでいる。

その後、経営者となって頑張れたのは、見返してやるという思いがあったからだ。

デスクの引き出しから、甲子園の準優勝メダルを取りだした。

新垣には捨てたと言ったが、嘘だった。これだけは捨てられなかった。

今でも夢に見る。

甲子園決勝。ツーアウト、二塁三塁。ツーストライク、スリーボール。

渾身のストレート。

センター返しの球が、横を通り抜ける。二塁ランナーが三塁を蹴って、ホームに突っ込む。センターからのバックホーム。クロスプレー。

「セーフ」という主審の声がいやに響いた。

野球人生に悔《く》いはない。だが、もし時を戻せるのなら。

あのとき、あの瞬間に。

準優勝のメダルを見つめた。デスクの引き出しにしまった。

そのとき、後頭部やや右側に、強い打撃があった。

くらっとなり、よろめいた。バランスを失い、椅子から転げ落ちた。

床に倒れる。うつぶせに、頬が床についた。
顔に、生温かい液体が垂れてくる。生臭い。血だ。
誰かいる。ぼんやりとだが、足が見える。
何かが床に落ちた。
ボトルシップだった。昔、杉原からもらったものだ。
ボトルシップは血にまみれていた。
誰だ?
犯人の足と、その足元に落ちた血のついたボトルシップだけが見える。
ボトルシップで殴られたことは分かった。
すごい頭痛がした。ズキン、ズキンと、頭の中で太鼓を叩いているような振動がある。
そして、身体が急に熱っぽくなっていく。
視界が暗くなる。なぜ俺が……。犯人は、誰?
思考がとぎれていく。靄《もや》が広がっていく。
やがて視界に暗幕がかかり、世界は真っ暗になった——

2

浦田俊矢は目を開けると、硬い椅子に座らされている。

椅子の背もたれに沿って、背筋をぴんと張っている。プロ野球の入団記者会見を思い出した。ドラフト一位として監督の隣に座り、胸を張っていた。

真っ白な部屋にいる。

壁も床も天井も白。空気がきれいで、木漏れ日のような明るさに包まれている。軽井沢を思わせる開放感がある。

室温は快適。無音、無臭。時間が穏《おだ》やかに流れている。

無重力ではないが、地上にはない浮遊感がある。宇宙船だろうか。未来都市にタイムスリップしたような感覚になる。

ドアも窓もない部屋に、どうやって連れてこられたのだろう。照明器具はないのに、部屋は明るい。矛盾しているのに、不思議と違和感はない。

ここはどこ？

目の前に少女がいる。

黒髪のショートカット。黒真珠のような光沢のある、さらさらした髪。うなじは細雪《ささめゆき》のような白さで、その色気に目が吸い込まれてしまう。

少女は革張りの回転椅子に座り、デスクに向かって何かを書き込んでいた。

「これでよし」

その紙にスタンプを押し、「済」と書かれたファイルボックスに放った。

「今日はこれで最後だな」

少女は振り向いた。

完成された美少女だった。きりっとした目鼻立ち、ふっくらした唇。すべてのパーツが完璧に調和していて、芸術家の彫刻作品を思わせる。

プロ野球選手だったころ、女子アナや芸能人とも会ったことがあるが、ここまでの美女はいなかった。風圧を感じるくらいの、パンチのある美しさ。見とれると同時に、畏怖《いふ》してしまう。

少女は、花柄のピンクの浴衣《ゆかた》を着ていた。帯は水色。高級木綿。すらりとした体型にぴったり合い、腰のくびれが強調されている。髪に花飾り。素足にサンダルを履き、足の爪にもネイルしている。

嫌に目につくのは、背中にはおっている真っ赤なマントだった。あまりにも大きく、サイズ感が豪快に無視されている。レインコートのような素材に見えるが、実際のところは分からない。何より生々しい赤色が、否応なく血を連想させる。まがまがしく、不吉な暗示のある赤だ。

天才か、奇人か。

年は十代後半に見えるが、並の人間じゃない。

「閻魔堂へようこそ。浦田俊矢さんですね」

「ああ、そうだが。君は？」

少女は無視して、タブレット型パソコンを手に持った。

「ふむ、なるほど」

カルテを見つめる女医のように、タブレットを眺めている。

「あなたは父・浦田俊和《としかず》、母・弓枝《ゆみえ》の次男として生まれた。運動神経抜群。生まれつき筋肉があり、喧嘩は負けなし。小一のとき、生意気だとシメにきた小六の男の子三人を殴りたおして、返り討ちにするという武勇伝を持つ。鼻っ柱が強く、逃げも隠れもしない性格は、このころには形成されていた」

「そうだな」

「小四のとき、あなたがドッジボールをやっているのを見たリトルリーグのコーチが、その強肩に驚いてスカウト。小学生にしてプロ入りが叫ばれるほど、地元では有名な野球少年になる。高校は甲子園の常連校に入学。一年次からレギュラー。高三の夏、四番ピッチャーで甲子園に出場し、準優勝の原動力となる」

「ああ」

「ドラフト一位でプロ入りするも、故障に苦しんだ。一度も一軍登板なく、引退。あなたは野球を捨てた。以来、ボールに触っていない」

「…………」

「その後の活躍は華々しかった。セカンドキャリアに失敗する選手が多いなか、あなたは実業家への転身をはかる。ジムトレーナーからスタートし、短期間で劇的な効果を生む浦田メソッドを確立。やがてジム経営をはじめ、たちまち店舗を拡大させていった。ただし悪評も多い。特に身内から。あなたのトップダウン経営に反発して去っていった社員は少なくない。また、あなた自身、反旗をひるがえした社員は容赦なく排除していく。結果至上主義を採用し、有能な社員の出世は早いが、ダメな社員の降格も早い。あなたの独裁的な采配《さいはい》は、社員から恐れられている」

「社員から嫌われるのは、むしろ光栄だよ。社員に好かれたくて、社長をやっているわけじゃないからな」

「ほう」

「社長の目的は、会社の利益を上げることだ。そのために社員に好かれる必要があるのなら、そうする。逆に尻を叩く必要があるのなら、血が流れようが容赦なく叩く。目的を達成するために必要な手段を選択しているだけだ」

「なるほど」

「経営者は政治家ではない。好感度や支持率は関係ない。政治家は国民から税金を巻きあげるが、経営者はむしろ社員に給料を払っている。国民は、自分たちから税金を巻きあげる政治家を選ぶ権利があるが、社長は給料を払うに値する社員を選ぶ権利がある。俺は社員を家族だとは思っていない」

「という具合に、合理主義で、割りきりがすごい。自分の考えを理屈でがちがちにコーティングして、信じる道を直往邁進《ちょくおうまいしん》する。不撓不屈《ふとうふくつ》のメンタリティーを持った浦田俊矢さんでよろしいですね」

「ああ。他人が俺について何を言おうが勝手だ。だが、それに聞く耳を持つかどうかは俺の勝手だ。で、君は誰だ?」

「私は沙羅です。さんずいに少ない、森羅万象《しんらばんしょう》の羅です」

「沙羅か。で、誰?」

「私は閻魔大王の娘です」

「エンマ? なんだそれは?」

「人間界でもよく知られている、あの閻魔大王です」

「地獄の番人とかいう、あの閻魔か?」

「そうです」

「ん? ドッキリテレビか?」

「ドッキリではありません。閻魔大王というのは、人間の空想上のものではなく、実際に存在するもう一つの現実なのです――」

沙羅の説明は続いた。

人間は死によって肉体と魂に分離される。肉体は地上に残り、魂のみ霊界へと運ばれてくる。ここは閻魔堂といって、霊界の入り口にあたるところで、ここで閻魔大王によって生前の行いを審査され、天国か地獄かに振り分けられる。

本来であれば、ここには沙羅の父、閻魔大王がいる。しかし今日は二日酔いで、へべれけなため、娘が代理を務めている。

今、気づいた。身体が動かない。

金縛りのように、首から下はまったく動かない。手足の感覚がない。見ること、聞くこと、話すこと、できるのはこの三つだけだ。

浦田は、沙羅の言うことを信じた。

この状況なら信じるしかない。現実とは思えないくらい幻想的なのに、夢にしてはリアルすぎる。ここが霊界なら、それも当然だ。

浦田は言った。「本当にあったんだな、死後の世界って」

「当然です」

「死んだら無になるのかと思っていた」

「無にはなりません。記憶がリセットされ、別の衣をまとって再生されるのです。これを輪廻《りんね》転生《てんせい》と言います」

「つまり、俺は死んだんだな」

「はい」

「しかし、なぜ？　まったく思い出せない」

「撲殺《ぼくさつ》です」

「撲殺？　病気とかじゃなく、殺されたのか？」

「ええ。別荘の書斎で、後頭部を殴られて」

「……あっ」

思い出した。浦田は別荘の書斎にいた。突然、後頭部を殴られた。

死の間際の光景を思い出す。

おぼろげに見えた犯人の足。床に落ちたボトルシップ。


即死だった。

殴られてから意識を失うまで、十秒ほど。

ボトルシップには血のりがついていた。あのボトルは外国製だ。日本では見かけない瓶の形。五百ミリリットルのペットボトルより短いが、胴回りが太い。厚みがあり、硬くて重い。瓶の表面には刻み模様が入っていた。

あれで殴られたら、頭蓋骨が割れて当然だ。あれが凶器と考えて間違いない。

犯人の足が見えた。ズボンをはいていた。

だが脳にダメージがあったせいで、輪郭《りんかく》がゆがんで見えた。男三人も杉原もズボンをはいていたので、足だけでは誰か分からない。

「犯人は誰だ？」

「教えられません」

「なぜだ？　知っているんだろ？」

「ええ。ですが、当人が生前知らなかったことは教えてはいけないのが霊界のルールなのです」

沙羅はタブレットに目を落とした。

「では、審判にまいります。あなたは生前、これといった悪行はしていません。基本的にズルは嫌いな人間です。野球選手として研鑽《けんさん》を積み、その後、実業家に転身してからは富を築きました。まあ、現世でいくら金を稼いだかは評価の対象外ですが、多くの雇用を作り、税金を納めたことは評価されます。社員や仲間には少々嫌われているようですが、玉に瑕というやつでしょう。なにより最大の功績は、あの甲子園、高校野球史に残る一戦を投げ抜き、人々に感動を与えたことです。人を感動させる、これは最高の功徳です。ということで、天国行きです」

沙羅はタブレットをひざの上に置いた。

「文句はありませんね。では、今から――」

「待ってくれ。そのまえに誰に殺されたのか、教えてくれ」

「だから、教えられません」

「犯人は、あのとき別荘にいた四人のうちの誰かなんだよな」

「教えられません」

「あの別荘は、防犯カメラで死角なく監視されている。外部から来た人間なら、確実に映ってしまう。わざわざそんなところに入ってきて、殺人を犯す人間はいない。だいたい、どうやって外から入ってくるんだ。戸締まりはちゃんとした。あの別荘のドアや窓は簡単に破れる代物じゃない」

「私の話を聞いてください。教えられないと言っているでしょ。それでは、浦田さんには天国に行ってもらうので」

「いずれにせよ、犯人は捕まっただろうな。最初から容疑者は四人に絞られているし」

「いや、そうでもないみたいですよ」

「えっ」

「あっ」沙羅は口に手を当てた。

「どういうことだ。犯人は四人のうちの誰かだろ。そこまで絞られているなら、警察が逃がすわけないだろ」

「そう思いますよね。ところが、案外そうでもないんですよ」

「なぜ？」

「口をすべらせちゃったので言いますけど、犯人はあなたを殺害後、ある工作をすることで罪から逃れようとします」

「ある工作？」

「実はあなたが死亡して、丸二日が経過しています。死体は発見され、警察が捜査を進めていますが、その工作がはまって迷走させられています」

「工作ってなんだ？」

「そこまでは教えられません。では、天国行きなので、そちらへどうぞ。そこに天国へ行くドアがありますよね。そこをのぼって――」

「なんだよ、その工作って？」

「生まれ変わりまで時間があるので、天国で考えてみたらどうですか。まあ、分からないと思うけど。謎を解くための情報が出そろっていませんから」

「生まれ変わるといったって、今の俺のままじゃないだろ」

「魂は初期化され、記憶もリセットされます。まれに前世の記憶が残っちゃうこともありますけど」

まったくの別人として生まれ変わるということだ。

これまでの知識や経験はリセットされ、初期化される。浦田俊矢としての人生は無になる。

「だいたい、なぜ俺が殺されなきゃならないんだ？」

「それ、みんな言いますね。なぜ俺がって。特に理由はありません。たまたまあなただったんです。そんなものですよ」

沙羅はいらだったように言った。

「あなたは三十四歳だから、それでも生きたほうです。死産してしまう赤ちゃんもいるわけですから。では、天国に行ってください」

いつのまにか、天国へのドアが現れていた。その先に天国につながる階段があり、自分の足で歩いていくようだ。確かに、足に力が入る。

しかし動けなかった。

「犯人は誰だ？」と浦田は言った。

「お願いしますよ。浦田さんが天国に行ってくれないと、私の仕事が終わらないじゃないですか。これからお祭りがあるのに」

「それで浴衣を着てるのか。霊界にもお祭りがあるのか？」

「ええ、金魚すくいもヨーヨー釣りも射的もあります。浦田さんも天国に行ったら、お祭りに行けますすよ」

「祭りなんか興味ない。誰に殺されたのか教えてくれ」

「強情《ごうじょう》な人だなあ、もう」

沙羅は、ショートカットの髪をかきむしった。

「いるんだよなあ。現世への未練から、死んだことを受け入れられずに居座っちゃう人。天国へは自分の意志で行ってもらわなければならないんですよ。天国に行かないなら、地獄に落としますよ」

「犯人は誰だ?」

「筋金入りだな、この人は」

「なあ、沙羅。俺を生き返らせてくれ」

「何を言いだすんですか、突然」

「俺にはやらなければならないことがあるんだ。会社だってこれからだし」

「そんなこと言いだしたら、みんなそうでしょ」

「とにかく、このままでは死ねない」

「もう死んでるんですって」

「犯人は誰だ?」

「まいったなあ、もう」

沙羅はあきれ顔で、浦田を見つめた。

「じゃあ、こうしますか。現時点で、あなたが犯人を特定するための情報は出そろっていません。ですから、ヒントを出します。そのヒントをもとに推理して、犯人を言い当てることができたら、あなたを生き返らせてあげましょう。ただし、リスクは負ってもらいます。正解を出せなかったら、地獄行きです」

「推理して正解できたら、浦田俊矢としてもう一度生きられるんだな」

「ええ。ただしこの問題、かなりの難易度ですよ。高い確率で地獄行きになると思ってください。大人しく天国に行かれることをお勧めします」

輪廻転生に興味はない。今の自分じゃないなら、無になるのと同じだ。

「どうしますか？」

「やる」

「地獄行きになるかもしれませんよ」

「やると言ったら、やるんだ。俺は前言撤回はしない」

「ファイナルアンサー？」

「ああ」

「では、ヒントを出します。犯人はあなたを殺害後、別荘の状況をうまく使って、密室殺人化します」

「は？」

「それは現在のところ、かなり功を奏しています。警察の捜査は混乱し、容疑者の絞り込みさえできていません。では、問題です。犯人はどうやってあの状況で密室を作りあげたのでしょうか？」

「密室……」

「それが分かれば、おのずと犯人も見えてくることでしょう。では、はじめます。制限時間は十分です」


「スタート」

沙羅は立ちあがり、冷蔵庫からペットボトルの緑茶を取りだした。椅子に戻り、ポテトチップスの袋を開ける。

携帯ゲーム機を取りだして、遊びはじめた。

不思議な少女だ。

年下に見えるが、実際の年齢は分からない。

浦田は思考を切りかえた。沙羅に気を取られている暇はない。十分で正解にたどり着かなければならないのだ。

リスクは望むところ。肉体も精神も、やわな鍛え方はしていない。これくらいのプレッシャーは何度もはねのけてきた。

どうせ一度は死んだ身だ。

犯人は犯行後、密室殺人化することで罪をまぬがれようとした。

ヒントはこれだけ。

そもそも密室殺人ってなんだ？

推理小説はたまに読むが、そこまで詳しくはない。知っているかぎりで言えば、密室殺人には二通りある。

①犯行時、犯人が室内にいた場合。

②犯行時、犯人が室内にいなかった場合。

①の例としては、

殺害後、窓のクレセント錠に糸を引っかける。犯人が窓から外に出て、その糸を窓の隙間から引っぱりだすことで、外から施錠して密室化する。

犯人は室内に隠れていて、死体を誰かに見つけさせる。その発見者が死体に気を取られている隙に、外に出る。

氷でかんぬきを止めておいて、部屋から出る。氷がとけると、かんぬきが落ちて錠がかかる仕組み。水が蒸発すれば、証拠はなくなる。

すべてのドアと窓に鍵をかけたあと、別の抜け穴から脱出する。たとえばクレーンを使って屋根を持ちあげ、犯人が脱出したあと、ふたたび屋根をかぶせる。まさか屋根が持ちあがるとは思わないから、密室に見える。

②の例としては、

被害者は鍵のかかった密室内にいる。部屋の外から小さい鍵穴《かぎあな》に吹き矢を通して、毒矢を刺して殺害する。

風邪薬といつわって被害者に猛毒を渡す。被害者が密室内でその薬を飲んで死ねば、あたかも自殺したように見える。

首だけ出せる小窓の外から、被害者を呼ぶ。被害者が窓から首を出したところで、紐《ひも》の輪を首にかけて絞め殺す。そのあと被害者を室内に押し戻せば、密室内で首を絞められて殺されたように見える。

これらは、ごく初歩的なものにすぎない。

他にもいろいろあるのだろうが、そこまで精通していない。

おおまかに言えば、①は殺害後に密室から何らかの方法で脱出した、あるいは外から鍵をかけた。②は部屋の外にいながら、何らかの方法で密室内にいる被害者を殺した、ということになる。

いずれにせよ、密室殺人の目的は、犯人がどうやって脱出したのか、あるいは被害者をどうやって殺害したのかを分からなくすることで、犯行の立証を難しくする。あわよくば自殺や事故死に見せかける、というところに主眼がある。

こう考えると、浦田殺害は①に該当する。

犯行場所は書斎だ。

犯人は浦田の背後に忍び寄って、ボトルシップで後頭部を殴った。

犯行時、犯人は室内にいた。

沙羅によれば、このあと密室化して、罪をまぬがれようとしたということだ。

だが、書斎のドアに鍵はついていない。

たとえばだが、書斎のドアに内側から釘を打って開かなくして、しかるのちに書斎についている唯一の窓から脱出した、ということだろうか。

しかし書斎の小窓は、せいぜい首を出せる程度のサイズだ。犯人は、あの小窓からは脱出できない。

仮にできたとしても、別荘は防犯カメラで監視されている。犯人が脱出しているところがカメラに映ってしまう。

あの書斎をどうやって密室化したのだろうか。

いや、書斎とはかぎらない。

あの別荘自体が、巨大な密室だったとも言えるからだ。犯人は別荘の外に出ること自体は可能だが、その姿が必ず防犯カメラに録画されてしまう。

いや、絶対に不可能なわけではない。

防犯カメラは二階軒下に設置されている。つまり二階軒下より上は死角だ。屋根と屋上は映っていない。

たとえばだが、屋上から飛んで、防犯カメラがカバーしているエリア、建物から二十メートルの範囲より外側に下りれば、防犯カメラには映らない。

ハンググライダーのような道具があれば、不可能ではない。しかし、あの別荘にそんなものは用意されていない。

いや、問題は何のためにそんなことをするのか、だ。

犯人は、別荘にいた四人のうちの誰かとする。

犯行後、別荘という巨大な密室から、ハンググライダーのような道具を使って脱出したとしても、朝になり、他の三人が起きたとき、浦田の死体があり、一人いなくなっていれば、そいつが犯人ということになる。

犯人が密室から脱出できたとしても、罪をまぬがれることにはならない。そもそも密室殺人にする意味がない。

よく分からなくなってきた。

「二分経過、残り八分です」と沙羅が言った。

発想を変える必要がある。

通常の推理小説では、犯人が密室を作り、そのあとで探偵が出てきて、犯人はどうやって密室を作ったのかを考える。しかし今は犯人の立場で、浦田殺害後、あの別荘の状況を利用して、どうやったら密室を作れるのかを考えるのが問題だ。より犯人の立場に立って考える必要がある。

そもそも犯人は誰か？

内部犯か、外部犯か。

基本的には内部犯、すなわち四人のうちの誰かだと思う。

外部犯だとすると、たとえばヘリコプターに乗って屋上に降下し、鍵を破って侵入し、浦田を殺害する。しかるのちに、ふたたびヘリコプターに乗って帰る。これなら防犯カメラに映ることなく犯行が可能だが、こうなると、もはや要人暗殺のテロである。想定としてありえない。

やはり犯人は、四人のうちの誰かだ。そして計画殺人ではない。

計画殺人なら、つまり浦田を殺害する計画を持って別荘に来たのなら、凶器は用意してくるだろう。凶器はボトルシップだった。これは浦田の私物で、犯人からすればたまたまそこにあったものである。

これを凶器として使っている以上、計画殺人ではない。そもそも計画殺人なら、容疑者が四人に絞られる状況で殺したりはしないだろう。

衝動的な殺人だ。別荘に来たあとで、浦田に対して殺意が芽生えて、たまたまそこにあったボトルシップを凶器として使ったと考えるのが普通だ。沙羅も「別荘の状況をうまく使って」と言っていた。つまりはじめから計画があったのではなく、犯行後に別荘の状況を利用して密室にしたと考えていい。

犯人は内部の人間、四人のうちの誰かだ。

密室はひとまず置いておいて、動機について考えてみる。犯人が分かれば、そのあとの密室化についても考えやすい。

まっさきに思い浮かぶのは、日比野だ。動機は、借金を断られた腹いせ。浦田にとって二百万ははした金だ。金持ちのくせに、それすら貸してくれないのかと、日比野が逆恨《さかうら》みした可能性はある。

次に颪太。颪太の半身不随は、事故とはいえ、浦田が投げた球が原因である。自分は車椅子生活を余儀なくされているのに、成功している浦田を見て腹が立った。

そして杉原。別れて十年以上経つが、当時のことで浦田を恨んでいたとしてもおかしくない。

新垣はどうか。新垣はあっけらかんとした性格で、怒りや憎しみを腹にためこまないタイプだ。とはいえ、浦田へのねたみは言葉の節々に感じる。なにより、曲がりなりにも推理作家志望。ミステリーをたくさん読んでいるだろうし、自分でもアイデアを考えているはず。そもそも普通の人間は、人を殺したあと、密室にしようなんて発想として浮かばない。その点、新垣がもっとも疑わしい。

四者四様、動機があるといえばある。これだけでは犯人を特定できない。

「四分経過、残り六分です」

話を戻そう。

犯人は浦田殺害後、密室化した。

しかし、防犯カメラで監視された別荘から脱出したとしても、この場合、罪を逃れることにはならない。

何のための密室化だったのか、がポイントだ。どういう形の密室を作ったら、自分が犯人として特定されない状況になるのか。そこを考える必要がある。

密室に拘泥しないほうがいいかもしれない。

もっとフラットに考えてみる。

犯人Xになりきって考える。Xは、浦田を衝動的に殺した。場所は書斎、凶器はボトルシップ。さて、そのあと、どうしたか。Xは警察に捕まりたくない。自分が犯人だと特定されないためにはどうしたらいいか。

状況は絶体絶命だ。衝動的に殺してしまったが、別荘は防犯カメラで監視された巨大な密室。犯人は四人に絞られる。

この状況をどうやって切り抜けるか。

要するに、自分には犯行は不可能だったという状況を作ればいいわけだ。たとえば浦田の死亡時刻にアリバイを作るとか。

しかしあの状況で、何ができる？

もし自分がXだったら、容疑者は別荘内にいた四人とはかぎらない、つまり外部の人間にも犯行は可能だったという状況を作るだろう。容疑者が四人に絞られていると、さすがに警察の追及から逃れるのは難しい。

まずは容疑者の幅を広げることを考える。そのうえで、別荘内にいた四人には犯行は不可能だったという状況を作ればいい。そうすれば外部犯と確定され、別荘にいた四人は罪をまぬがれる。

考え方としてはこれでいい。

そう、外部の人間にも犯行は可能だったという状況をまず作り、次に内部の人間には犯行は不可能だったという状況を作ればいいのだ。

まずは前者、この状況で外部の人間にも殺害が可能だったように見せかけるには、どうしたらいいか。

別荘は防犯カメラで監視されている。カメラに映ることなく、外部から別荘内に侵入することは基本的にできない。ヘリコプターやハンググライダーを使えば可能だが、アクロバティックすぎて非現実的だ。この可能性は捨てていい。

やはり外部の人間の犯行に見せかけるには、最低でも一ヵ所、防犯カメラを壊す必要がある。

たとえばだが、別荘から二十メートル以上離れた場所から、銃などで防犯カメラを破壊する。しかるのちに別荘に侵入して、浦田を殺害して逃走したというふうに見える形にすればいいわけだ。

もちろん防犯カメラを壊している姿が、カメラに映ってしまっては意味がない。犯人Xは別荘内にいる。別荘内にいながら、外に設置された防犯カメラを、そのカメラに映ることなく破壊するにはどうしたらいいか。

方法は一つある。ドローンだ。

たとえばドローンを屋上から飛ばして、搭載カメラの映像をスマホで見ながら、防犯カメラの死角から近づいて、体当たりして破壊する。べつに壊さなくても、レンズにハンカチをかけてふさぐのでもいい。

防犯カメラは二階軒下についている。レンズは下方に向いている。つまり上空からドローンで接近していけば、カメラに映らずに破壊できる。

あとは、その防犯カメラがとらえていた場所にあるドアや窓の鍵を開けて、いかにも何者かがそこから侵入し、浦田を殺害して逃走したように見せかければ、外部の人間の犯行もありうるということになる。

ただし、これをするには高難度のドローン操作が求められる。

犯人は颪太？

しかし、これだけでは外部の人間にも犯行は可能だったというにすぎない。依然として四人は容疑者に含まれている。

というか、これだけではいかにも外部の人間に警察の目を向けさせるための工作に見えてしまう。これだけの工作であざむけるほど、警察は無能ではない。やはり別荘内にいた四人には犯行は不可能だったという状況を作ってこそ、外部の人間にも犯行が可能だったという状況が生きてくる。

どうすればいい？

どうやったら四人には犯行は不可能だったという状況を作れるか。

「六分経過、残り四分です」

そうか。

凶器だ。凶器を消滅させればいい。

別荘は三百六十度、監視されている。凶器を外に捨てに行けば、その姿が防犯カメラに映ってしまう。

逆に言えば、防犯カメラに映っていなければ、凶器を外に捨てに行っていないことの証明になる。凶器を屋上から投げ捨てても、そう遠くへは飛ばせない。ドローンに運ばせても、電波が届く五十メートルまでだ。

別荘の周辺を警察が捜索すれば、凶器は発見されてしまう。

つまり、こういうことだ。

犯行後、別荘にいた四人は、凶器を外に持ちだせず、かつ別荘内からも凶器が発見されなければ、犯人は外部の人間、すなわち犯行後に犯人が凶器を持って、別荘を立ち去ったと推定される。

では、どうやって凶器を消滅させるか。

凶器はボトルシップ。ボトルシップには血のりがついていた。

血は、油以上にこびりつく。水で洗い流しても、念入りに拭いても、ルミノール検査など今の鑑識技術なら、残留血液を検出できる。

特にあのボトルには表面に刻み模様が入っている。ガラスの刻まれた部分に入り込んだ血は、簡単には落とせない。あのボトルから浦田の血液が検出されたら、これが凶器だと推定される。

血を拭いただけではダメだ。だったら、ボトルを割ってしまえばいい。瓶を割って粉砕し、すり潰して砂状にして、トイレに流してしまえば……。いや、水道は使えない。それならいっそ、飲み込んでしまえばいい。ガラスの砂なら飲み込むことも不可能ではない。

それで凶器は消滅する。

いや、それでもダメだ。

ボトルシップは浦田の私物である。そして別荘内にある物は、すべて当日に引っ越し業者が搬入したものであり、その一つ一つがリスト化されている。

警察は業者からそのリストを手に入れるだろう。そして別荘内にある物をすべて照合する。すると、ボトルシップがなくなっていることが判明し、これが凶器だったのだろうと推定される。

ガラスの瓶なので、粉砕して証拠隠滅した可能性も当然、疑われる。別荘内から凶器が見つからなくても、四人への容疑は晴れない。

第一、外部犯に見せかけるには、防犯カメラを一ヵ所は壊さなければならない前提だった。しかし別荘内の四人には犯行は不可能だったという状況を作るには、まず凶器を消滅させたうえで、さらに防犯カメラに映らずに凶器を別荘の外に捨てに行くことはできなかったという状況を作らなければならない。凶器を外に持ちだせなかったのに、別荘内から凶器が見つからなかった。そうなって初めて、別荘内の四人には犯行は不可能だったという状況になるのだ。そのためには別荘は完全に監視されていなければならず、防犯カメラを一ヵ所も壊してはならない。

ジレンマが発生する。

外部の人間の犯行に見せかけるには、防犯カメラを一ヵ所は壊さなければならない。しかし別荘内の四人には犯行は不可能だったという状況を作るには、防犯カメラを一ヵ所も壊してはならない。

　この二つを両立させるのは不可能だ。

　思考がフリーズしてしまった。

　ジレンマを解消するには、どうすればいい？

　問題点を整理する。

　まず別荘内の四人には犯行は不可能だったという状況を作るには、①凶器を消滅させ、かつ②凶器を別荘の外に持ちだすことはできなかったという状況を作る必要がある。そのうえで、③外部の人間にも犯行は可能だったという状況を作る。三つの条件を満たせば、犯人Xは罪をまぬがれうる。

　しかし、①凶器を消滅させること自体は難しくないが、凶器がボトルシップであることも警察に知られてはいけない。ボトルシップを消滅させても、警察が引っ越し業者のリストと照合すれば、ボトルシップがなくなっていることが分かってしまい、これが凶器だったと推定されてしまう。

　さらに、②凶器を別荘の外に持ちだすことはできなかったという状況を作るには、防犯カメラを一ヵ所も壊してはならないが、③外部の人間にも犯行は可能だったという状況を作るためには、防犯カメラを一ヵ所は壊さなければならない。このジレンマを解消するには、どうしたらいいか。

この二つの問題をクリアするには……。

分からない。

頭がこんがらがってきた。

沙羅は、携帯ゲーム機で遊んでいた。一流ピアニストみたいに、正確に速く、なめらかにボタンを連打している。

神秘的な子だ。宝石みたいに輝いている。

どういう育ち方をしたら、こんな子になるのだろう。

これまで会った芸能人でも、ここまでの美少女はいなかった。外形的なかわいさだけなら他にもいたかもしれないが、沙羅はものがちがう。人間的な煩悩を感じない。宇宙的というか、無限大というか、近くにいるのに手が届かない。そんな錯覚を覚えて、自分がちっぽけに思えてくる。

沙羅に見とれてしまった。

だが、そんな時間はない。

このままでは浦田俊矢の人生は終わる。しかも地獄行き。なぜこんなゲームに参加してしまったのだろう。

いまさら沙羅に泣きついても無駄だろう。この娘に、やわな同情心はない。約束通り、地獄に突き落とすだろう。

　こんなところで人生を終われるか。

　気持ちを立て直した。推理に戻る。

　しかし推理はこれ以上、一ミリも進まなかった。

　別荘内の四人には犯行は不可能だったという状況を作るために、凶器を消滅させるというアイデアは悪くない気がするが……。

　犯人Xは、なにをした？

「ああ、もうっ」沙羅が吠えた。

　操作をミスって、ゲームオーバーになったらしい。

「あと少しで最高得点だったのに！」

　突如、沙羅の表情が変わった。眉間《みけん》にしわが寄り、凶悪な鬼の顔になる。角が生《は》え、ドラキュラのごとく犬歯がとがったように見えた。

　顔が真っ赤になり、殺気があふれ出る。

　沙羅は、力まかせにゲーム機を床に叩きつけた。細腕なのに、信じがたいほどのパワーだった。ゲーム機はこっぱみじんに破壊された。画面は割れ、カバーは外れ、電子部品が派手に飛びちった。

「あー、腹立つ」

沙羅はふくれ面になった。だが、物にやつあたりしてすっきりしたのか、元の顔に戻った。壊れたゲーム機を拾いあげた。

「あーあ、壊れちゃった。まあいいや。新しいのを買えば」

沙羅は、ゴミ箱にゲーム機を捨てた。

脳に引っかかるものを感じた。壊れたら、新しいのを買えばいい？

「そうか」と浦田は言った。

この発想だ。

これなら凶器を消滅させたうえで、別荘内の四人には犯行は不可能だったという状況を作れる。そのうえで、外部犯に見せかけるには……。

「だから密室なのか……」

この場合の密室は、犯人は犯行時、室内にいなかった、に該当する。

「なるほど、よく考えたものだな」

これならうまくいくかもしれない。絶対ではないが、完全犯罪として成立しうる。警察の目をあざむけるかもしれない。

犯人が犯行後、何をしたのかは分かった。

だが、犯人が分からない。別荘内にいた四人のうち、誰でも可能だ。

「あ」と沙羅が言った。「ゲームに夢中で、時間経過を伝えるのを忘れていました。あと三十秒もありません」

「それはないだろ。時間を延長してくれよ」

「嫌です。残り二十秒です」

犯人は誰だ？　日比野、新垣、杉原、風太。誰が犯人なんだ？

「残り十秒です。十、九、八、七、六」

沙羅のカウントダウンがはじまった。

分からない。犯人は誰だ？　動機は？

「五、四、三、二、一、ゼロ。終了です。答えは分かりましたか？」

「犯行後の密室化工作は分かった。だが、犯人が分からない」

3

「では、解答をどうぞ」

「ああ。だが、犯人が分からない。四人のうちの誰かなのは間違いないが」

「とりあえず犯行後の工作について答えたらどうですか？」

「そうだな。犯人は四人のうちの誰か。衝動的な犯行だ。犯人はたまたま目に入ったボトルシップを手に取り、書斎にいる俺の後頭部を殴った。そして他の三人も、犯人が俺を殺したことに気づいたんだ。俺は完全に死んでいた。そこで三人は救急車を呼ばず、犯人を罪から逃れさせるために、隠蔽工作に協力した。

その方法とは、別荘内にいた四人には犯行が不可能であり、逆に外部の人間には可能だったという状況を作ることだった。そのために四人は、防犯カメラで監視されている別荘の状況をうまく利用した。

まず、四人には犯行は不可能だったという工作だが、これは凶器消失トリックと言っていい。別荘は監視されている。別荘の外に凶器を捨てに行けば、その姿が防犯カメラに録画されてしまう。逆に言えば、別荘から誰も出ていなければ、凶器は別荘内から発見されるはずで、別荘内から凶器が発見されなければ、外部の人間が犯行後、凶器を持って立ち去ったと考えられ、別荘内の四人は容疑者から外れることになる。

凶器はボトルシップ、そして血のりがついていた。血は洗ったり拭いたりしても完全には落ちない。わずかでも血が残留していれば、今の鑑識技術なら検出可能だ。血を拭き取って元の場所に置いても、鑑識が検査すれば、これが凶器だとばれてしまう。それならいっそ、凶器を消滅させればいい。瓶なので粉砕し、すり潰せば砂状になる。トイレには流せないけど、飲み込むことは可能だ。瓶一本分の砂なら、四人で飲み込めば、一人あたりたいした量じゃない。

しかしそうしたところで、凶器はボトルシップだと警察には推定されてしまう。なぜなら引っ越し業者が作ったリストに、ボトルシップが記載されているからだ。警察がリストを手に入れ、別荘内にある物を照合していけば、ボトルシップがなくなっていることが分かり、これが凶器だと推定される。凶器が瓶だと分かれば、証拠隠滅した方法も推測できるため、四人の容疑は晴れない。

では、どうしたらいいか。

そう、壊れたら、新しいものを用意すればいいんだ。まず凶器のボトルを割り、中に入っていた船の模型を取りだす。割った瓶には血のりがついているので、すり潰して砂状にして、四人で飲み込む。しかるのちに船を分解して、一つ一つの部品にする。そしてあらためて別の瓶の中で、模型を組みたてる。こうすれば血のついた凶器は消滅し、新たに血のついていない同じボトルシップができあがる。

「なるほど。しかしそのためには、同じ瓶をもう一つ用意しなければなりませんが」

「そう。あの瓶は外国製。日本では見ない形だ。簡単に手に入るものではない。だが、あったんだよ、同じ瓶がたまたま。それは杉原が風太にあげたプレゼントだ。杉原は、恥ずかしいから家に帰ってから開けてと言っていたが、あれは杉原が作ったボトルシップだったんだ。瓶の中の模型は、俺のとはちがうかもしれないが、瓶自体は同じだった。杉原がよく使う瓶なのかもしれない。

風太がもらったそのボトルシップに、細い棒を突っ込んで、中の模型を破壊して取りだす。そして空になったボトルの中に、あらためて分解した船の模型を組みたてたんだ。もちろん、やったのは杉原だ。ボトルシップを作るには技術が必要で、素人が見よう見まねでできるものではない。こうして血のついていないボトルシップが完成し、凶器のボトルシップは消滅した」

「ふむ。それから？」

「続いて、外部の人間にも犯行は可能だったという状況を作る。別荘は監視されていて、防犯カメラに映らずに近づくことはできない。防犯カメラは二階軒下に設置されている。屋根および屋上は守備範囲外になるから、ヘリコプターなどで上空から下りてくる方法はあるが、非現実的なので除外すると、基本的に防犯カメラに映らずに別荘に侵入することはできない。したがって外部の人間が別荘に侵入し、犯行後に出ていったという状況を作るには、防犯カメラを一ヵ所は壊す必要がある。

壊すだけなら難しくない。風太のドローンを使えばいい。ただし問題は、どこの防犯カメラを壊すか、だ。たとえば犯人が別荘の合い鍵を持っていたという仮定で、玄関の防犯カメラを壊せば、カメラに映らずに玄関から侵入したという状況を作れるが、逆に別荘内にいた四人が玄関からカメラに映らずに凶器を捨てに行くことも可能になってしまう。凶器消失トリックは、別荘内にいた四人には凶器を外に捨てに行くことができない状況で、凶器が消滅することに意味があったわけだから、これでは本末転倒になってしまう。ここにジレンマが発生する。

このジレンマを解消するには、どうしたらいいか。

そう、書斎の窓だ。

書斎には一つだけ窓がついている。小窓なので、人間は出入りできない。高い位置にあるため、電動で開閉する。あのとき窓は開いていた。

おそらく書斎の窓がついている壁側を映していた防犯カメラを壊したんだ。あの窓は小さいので、そこから外に出て、凶器を捨てに行くことはできない。しかし別荘の外にいる犯人が、あの小窓から、何らかの方法で書斎内にいる俺の後頭部を叩いて殺害し、その凶器を回収して立ち去ることは不可能ではない。すなわち犯行時、犯人は室内にいなかった場合の密室殺人に見える状況を作りあげたんだ。

四人はこれだけの工作をしたうえで、一度も別荘を出ることなく、朝を待って警察を呼んだ。すると警察の目にはどう見えるか。

警察は、まず防犯カメラの録画をチェックするだろう。俺が外に立ち小便に出たのは、殺される少しまえ。それ以後、警察が呼ばれるまで、四人が別荘の外に出ていないことは確認できる。防犯カメラは一ヵ所壊れているが、そこにある小窓からは人間は出入りできない。四人のうちの誰かが犯人なのだとすれば、犯人は凶器を外に捨てに行っていない。つまり凶器は別荘内にある、と考えられる。

凶器は、頭蓋骨を破壊するくらい硬いものだ。

警察は別荘内にある凶器になりそうなものをすべてピックアップして、ルミノール反応などを調べたと思う。しかし反応はない。

次に警察は、引っ越し業者からリストを手に入れて、家の中でなくなっているものはないかを調べるが、ボトルシップを含めて、なくなっているものはない。四人の持ち物検査をしても何も出てこない。

警察はもちろん、凶器を屋上から投げ捨てた、ドローンに運ばせた、などの可能性も考えただろう。別荘の周辺、特にドローンの電波が届く五十メートルの範囲内は捜索しただろうが、凶器は見つからない。結局、警察は凶器が何だったのか、いまだに分かっていないと思う。

一方で、防犯カメラは一ヵ所、壊れている。書斎の小窓がついている壁側を映していたカメラだ。そして書斎の小窓は開いている。となると、外部犯の可能性もある。犯人は別荘の外にいて、何らかの方法で防犯カメラを壊した。しかるのちに別荘に近寄り、小窓から、何らかの方法で書斎内にいる俺を殺した。そして凶器を回収して立ち去った。この場合、密室殺人になる。

警察は、この二つの可能性で悩むことになる。内部犯か、外部犯か。

内部犯だとしたら、凶器はどこへ。外部犯だとしたら、小窓を使って書斎内にいる俺をどうやって殺したのか。

　四人がしっかり口裏を合わせることが前提だが、この状況では犯行の立証は難しい。どちらの可能性もあり、いずれにせよ、物証に欠ける。四人は、別荘と凶器のボトルシップをうまく逆手に取り、この状況を作りあげた。

　これだけの工作をするには、四人の協力が不可欠だ。ボトルシップは杉原でなければ作れないし、ドローンは風太でなければ操れない。そして、やはり青写真を描いたのは新垣だと思う。日ごろ、不可能犯罪のトリックを考えている新垣でなければ、これだけの計画を瞬時に思いつくのは難しい。

　なにより日比野だ。犯人は誰か分からないが、その犯人をかばう以上、他の三人も共犯になる。自分も含めて、みなにリスクを負わせたうえで一致団結させるには、日比野のリーダーシップが不可欠だ。四人の強い団結がなければ、これだけの工作を一晩でやり遂げるのは不可能だと思う」

「なるほど。で、犯人は誰？」

「分からない。やはり、それも答えなければならないのか？」

「もちろん。譲歩はしません。勝負事ですから」

「推測でしかないが、とにかく犯人を当てればいいんだな」

「ええ」

「消去法だが、新垣はちがう。新垣は左利きだ。俺は、後頭部のやや右側を殴られた気がする。つまり犯人は右利きだ。次に風太もちがう。車椅子の風太では、やはり犯行は難しいだろう。そして日比野。日比野はどんな問題があっても、暴力で解決するような人間ではない。なにより仲間を巻き込まない。日比野が犯人なら、自首すると思う。したがって犯人は杉原だ」

「犯人は杉原でいいんですね」

「ああ。それなら、他の三人がかばうのも分かる気がするし」

「動機は?」

「動機は……。分からないが、俺の存在が気に食わなかったとか」

沙羅は、タブレットに目を落とした。

ビデオ判定中の審判みたいに、真剣な表情だった。それから微笑んだ。

「いいでしょう。おおむね正解です」

「やはり杉原だったのか」

「少し解説してあげましょう。犯人は杉原、動機は衝動的なものです。たまたま目に入ったボトルシップを手に取り、あなたの後頭部を殴りました。即死です。彼女はその場に立ちつくしていました。五分後、日比野が書斎に顔を出します。ゴミの収集日を聞きにきたんです。明日がゴミの日なら、バーベキューの生ゴミを出しておきたかったからです。そして殺人現場に出くわします。

あなたは絶命していました。日比野は新垣と風太を呼びました。杉原は自首すると言ったのですが、日比野はなんとか罪を逃れる方法はないかと言いだします。新垣と風太も賛同しました。ちょうど新垣と風太が二階に上がったあと、風太が杉原からもらったプレゼントの箱を開けていました。杉原作のボトルシップでした。瓶に入っていた模型は、船ではなく、ドローンでしたけど。瓶自体は凶器のそれと同じです。この瓶は日本製ではありません。杉原が好んで使う瓶の一つでした。

新垣は、完全監視されたこの別荘、ボトルシップ、そしてドローンがあれば、杉原を救うことができると考えました。その工作とは、あなたが言った通りです。凶器消失トリックと、密室殺人に見せかける工作を組みあわせたものです。

まず凶器の瓶は、あなたの血がついていたので、新聞紙でくるんで粉砕し、別荘にあった鉄アレイですり潰して、砂状にしました。日比野が朝までかけてすり潰したら、コップ一杯ぶんのガラスの砂になりました。

それを屋上からばらまいてもよかったのですが、万が一、警察がガラスの砂に気づいたら、ボトルシップが凶器だったと推測されてしまうかもしれない。そこでガラスの砂を小分けして、サランラップで小さく包みました。すると飴玉サイズの包みが、九つできあがりました。それを男三人で、ジュースと一緒に胃袋に流し込みました。風太が二つ、新垣が三つ、日比野が四つです。

　麻薬の運び屋がよくやる手口ですね。麻薬をサランラップで包んで、飴玉サイズにして飲み込む。それで税関を通過する。サランラップは胃液で溶けないので、そのまま排泄される。たまに腸につまって大変なことになりますけど。新垣はそれを知っていたので、リスクを承知で敢行しました。

　風太がもらったボトルシップは、ドローンの模型を壊して取りだしました。そして凶器のボトルシップに入っていた船の模型を分解して、あらためて空のボトルの中で組みたてました。やったのは杉原です。ピンセットは別荘にあったものを使いました。この船の模型は、女子大生時代、趣味としてはじめたころに作った初心者向けのものなので、一晩あれば充分でした。杉原はかなり動揺していましたが、日比野が隣にいて励ましながら、朝までかけてボトルシップを作らせました。

　使った新聞紙やプレゼントの箱は、焼いて灰にして粉々にしました。破壊したドローンの模型も、プラスチックなので火で焼いて、真っ黒に溶かしました。それらはまとめてバーベキューの生ゴミと一緒にしました。

　防犯カメラを壊したのは風太です。屋上からドローンを飛ばして、搭載カメラの映像をスマホで見ながら、カメラに映らないように上空から下りていく。防犯カメラに体当たりすると、墜落の恐れがあります。そこでドローンにカッターナイフを取りつけました。そして書斎の小窓がついている壁側を映している防犯カメラの電源コードを切断しました。熟練者の風太でも、かなりの難易度だったのですが、三十回のトライでやっと成功にこぎつけました。

これで凶器を消滅させたうえで、外に凶器を捨てに行くことはできなかった、さらに外部の人間にも犯行は可能だったという状況を作りあげました。あとは四人とも別荘から出ることなく、朝を待った。

新垣を中心に、念入りに口裏合わせもしました。あなたは書斎で仕事をしていたことにして、四人は二階の部屋で夜遅くまで昔話をし、三時ごろに眠ったことにする。朝になって一階に下りたら、あなたが死んでいたので通報した。夜中に話した話題まで、四人でしっかりすり合わせました。

その後、警察が来て、捜査がはじまりました。まず防犯カメラがチェックされ、四人が別荘の外に出ていないことが確認されました。四人のうちの誰かが犯人だとすると、凶器は別荘内にある。しかし凶器は見つかりません。引っ越し業者からリストを手に入れて、別荘内の物をすべて照合しましたが、なくなっているものは一つもない。もちろん屋上から凶器を投げた、ドローンに運ばせた、などの可能性も考えて、別荘の周辺を捜索しましたが、凶器は見つからない。

警察は、凶器が何であったのか、いまだに分かっていません。消滅する凶器として、氷を使った可能性まで検討しています。

一方で、外部犯の可能性も検討されています。外部犯とすると、防犯カメラを壊したあと、書斎の小窓を使って、書斎内にいるあなたを殺したことになりますが、どんな方法ならそれが可能か、密室殺人の謎に挑んでいます。

今のところ、内部犯とも外部犯とも絞り込めていません。いずれにせよ、決め手となる物証に乏《とぼ》しい。事件から二日経って、四人は自宅に帰ることが許されています。四人のうちの誰かが犯人と決まっているわけではないので、いつまでも拘束しているわけにはいかなかったのでしょう。

四人がうまく立ち回っていること、また、わざわざ防犯カメラで監視された別荘内で殺すだろうか、という心理的な疑問もあり、警察では外部犯説にやや傾いています。そして密室殺人の謎、および四人以外の殺害動機を持つ人物の洗い出しに取り組んでいます。真相を知る私たちから見ると、かなり迷走しています。新垣の思惑通りに進んでいるとも言えます」

「そうか。でも、なぜ杉原が？」

「杉原はあなたが好きだったんですよ、今も」

「は？」

「にぶちんで、独善的で、ひとりよがりな解釈しかできないあなたには永遠に分からないでしょうけど」

「…………」

「杉原と交際していたのは、あなたがプロ野球選手のときです。あなたにとっては不遇の時代でした。人生で初めて、思い通りに物事が進まない時期でした。もともと王様気質です。若くて感情をコントロールできなかったこともあり、彼女にもきつく当たりました。杉原は、彼女なりにあなたを支えようとしました。しかし彼女とあなたとでは、先天的に持っているパワーがちがいます。

あなたは野球をやれば、甲子園のスターになる。経営者になれば、たちまち成功する。選ばれた人間というか、そういうスケールを持った人間です。その力がマイナスに働いたときは、災厄をもたらします。あなたが荒れれば、暴風雨のごとく周囲を蹂躙《じゅうりん》する。それに比べて、彼女は野に咲くかよわき花一輪にすぎません。凡人の彼女には、荒れ狂うあなたを受けとめることはできませんでした。別れを告げたのは、このままでは自分までめちゃくちゃになってしまうと思ったからです。

しかしその後も、あなたのことをずっと想《おも》い続けていました。そして十二年です。男性から告白されることはあっても、誰とも付き合うことはできなかった。あなたとヨリを戻したかった。しかし自分から別れておいて、という思いもある。あなたは経営者として成功をおさめる。ますます遠い存在になる。

三十四歳になり、彼女は上司からプロポーズされます。その上司は、地味なりに優しい人です。彼女の心は揺れます。結婚してもいいかな、という気持ちになる。だが、決めきれない。あなたのことが心の中で処理されていないからです。そんな折、日比野から電話が入ります。

実は日比野は、そんな杉原の気持ちに気づいていました。そして、あなたが結婚しないでいるのも、杉原に未練があるからではないか、とも。それなのにお互いに強がって、自分の気持ちに素直になれないだけではないか。そこで一計です。日比野はこれを機会にして、二人を引きあわせ、きっかけを作ってやろうと思ったんですね。あなたに許可なく杉原を呼んだのは、そのためでした。

杉原にとってもいい機会でした。どういう結果になろうとも、これをけじめにしようと思いました。そして久しぶりにあなたと会い、あなたが聞いているところで、思いきって結婚の報告をしてみたんです。それに対するあなたの反応を、それとなく見ていました。しかしあなたは興味を示さず、そっけない態度を取りました。彼女は、あなたの中にこれっぽっちも未練が残っていないことを悟りました。それだけでもショックでしたが、そのあとで彼女は、あなたと日比野の会話を聞いてしまいました。あのとき、リビングの物陰《ものかげ》には彼女の姿があったんです」

沙羅はタブレットのパネルにタッチした。タブレットから、録音データらしき浦田と日比野の会話が流れてきた。

「おまえは、あいつがどういう女か、知らないだろ。あいつが俺と付き合ったのは、俺がプロ野球選手だったからだ。だが、肩とひじを壊してスクラップになったら、あっさり去っていった」

「いや、それは……」

「あのころ、俺はただもがいていた。その後は経営者として、必死だった。過去を振りかえる余裕なんてなかった。今日、久しぶりに顔を見ても、なんとも思わなかった。老けたな、と思っただけ」

「…………」

「杉原が結婚しようと、俺には関係ない。どうでもいい」

沙羅は、録音の再生を止めた。

「この会話を、彼女は聞いていました。そして心の中で、がらがらといろんなものが崩れていった。別れてから十二年、ずっとあなたのことを想っていました。心のどこかで、あなたも同じ想いを抱いてくれているという期待がありました。それが崩れた。彼女の純粋すぎる心は、このとき壊れました。

そして日比野です。日比野には、彼女の気持ちが痛いほど分かりました。杉原をここに呼んでしまった責任もある。逮捕されれば、懲役十年は固い。結婚話は当然、流れてしまう。あなたは完全に死んでいました。杉原だけでも救うことはできないか。そのキャプテンの心意気に、新垣と風太も同調しました。その意味で、日比野のリーダーシップがなければ、この工作はできなかったというあなたの指摘は正しい」

浦田は、小さく息をついた。

浦田は切りかえの早い人間だ。野球をやめたときもそう。杉原と別れた時点で、杉原のことは忘れた。別れたあと、十年以上も未練を残し続ける人間がいることが、むしろ信じられない。

沙羅は、こほん、と咳《せき》をした。

「さて、答えあわせはこれくらいにして、私はお祭りに行くので、話を先に進めます。約束通り、あなたを現世に戻します」

「よろしく頼む」

「ただし生き返らせると言いましたが、正確には時間を巻き戻すんです。あまり巻き戻すと、あとで調整が大変なので、死の直前に戻します」

「死の直前というと?」

「杉原が凶器を振りあげたあたりです。ただし、あなたはここに来た記憶をなくします。

霊界の存在を知られるのはまずいので」

「それはそうだな。えっ、でもじゃあ、また殺されるだけじゃ」

「そうならないように、こっちでうまくやっておきます」

記憶をなくすなら、こちらに選択の余地はない。そもそも人智《じんち》を超えた話だ。沙羅にまかせるしかない。

「分かった。よろしく頼む」

「ただし、そのまえに一つ忠告しておきます」

「忠告?」

「あなたはとても優秀で、かつ努力家でもあります。初心を妥協なく貫く覚悟とタフネスを持っています。外野が何を言おうが、ひるまず信念を押し通していくときの馬力には、目を見はるものがあります。しかしながら、ひとりよがりで、つねに自分を過信している。すべて自分のおかげと思い、周囲に対しても傲慢《ごうまん》さが散見されます。そのため視野《しや》狭窄《きょうさく》になり、他者の気持ちに鈍感になる。今回のことも、あなたのそんな尊大さが招いたこととも言えます。

あなたが今のまま、己をかえりみず、エゴを貫いていくなら、近い将来、必ずどこかで痛い目にあうでしょう。あなたの人生は、プラスにもマイナスにも大きくスピーディーに出る宿命にあります。成りあがりも早いが、転落も早い。ダメになるときは、一気になにもかも失ってしまいます。しかし一面において、あなたはすばらしい才能を持っています。今回もみごとな推理力を発揮しました。私自身、あなたのようなストイックな人間は嫌いじゃないですしね。失墜させるには惜しい人材だと思い、生き返りのチャンスを与えました。今後は少し謙虚になって、他者に対する寛容を学ぶことをお勧めします。まあ、地上に戻ったら、すべて忘れてしまいますけど」

不思議な少女だ。

浦田は基本的に、他人の意見を聞かない。誰よりも努力し、誰よりも考え抜いている自信があるからだ。むろん自分より優秀だと思える人間からは学ぼうとするが、そんな人間はめったにいない。

聞くに値しない凡人の意見に耳を傾ける必要はない。

そのやり方で成功してきた。

だが、沙羅の言葉はすっと耳に入ってくる。心の琴線に触れ、美しい響きとともに、沁《し》みわたっていく。優しい雨が、乾いた大地を潤していくように。

沙羅を前にすると、赤子に戻ってしまう。甲子園のスターでもなく、会社の社長でもなく、ただの人間に。

「そうかもしれないな」と浦田はつぶやいた。

「では、行きます」

「あ、ちょっと待ってくれ。時間を巻き戻すと言ったよな」

「ええ」

「だったら、あのときに時間を戻せないか？」

「あのときとは？」

「高三の夏、甲子園決勝。九回裏、ツーアウト、二塁三塁。バッターは衣川。ツーストライク、スリーボール」

「いまだに悔やんでいるんですか、あの一球を」

「ああ、野球に未練はないが、あの一球だけは悔いが残る。あの一球を、もう一度やり直せるなら」

「ちなみに、そこに時間が戻ったら、何を投げるんですか。ストレート？　それしも日比野のサイン通り、スライダー？」

「ストレートだ」と浦田は答えた。

「じゃあ、同じ結果になるだけじゃないですか」

「そうだな」

浦田は笑った。時が戻っても、同じ選択をする。それが自分という人間だと思ったら、おかしくなった。

「どのみち、そんなに時間は戻せません。調整が大変になると言ったでしょ。第一、衣川に悪いです。彼は自分の力でヒットを打ち、チームを優勝に導いたんです。それをあなたの都合で、取り消しになんてできません。地球はあなたを中心に回っているわけじゃないんですよ」

「その通りだ。すまない。変なことを言った」

沙羅は回転椅子を回して、デスクに向いた。タブレットにキーボードをセットする。なにやら打ち込む作業に、一分ほどかかった。

「じゃあ、準備はいいですね」

「ありがとう、沙羅」

「どういたしまして」

「世話になった。君の忠告を覚えていられたらいいのだけど」

「海馬から記憶が消えても、魂には残ります。では、行きます。時空の隙間に無理やり押し込むので、めっちゃ痛いですけど、我慢してください。ちちんぷいぷい、浦田俊矢、地上に還れ」

沙羅は、エンターキーを押した。

4

——デスクの引き出しから、甲子園の準優勝メダルを取りだした。

新垣には捨てたと言ったが、嘘だった。これだけは捨てられなかった。

今でも夢に見る。

甲子園決勝。ツーアウト、二塁三塁。ツーストライク、スリーボール。

渾身のストレート。

センター返しの球が、横を通り抜ける。二塁ランナーが三塁を蹴って、ホームに突っ込む。センターからのバックホーム。クロスプレー。

「セーフ」という主審の声がいやに響いた。

野球人生に悔いはない。だが、もし時を戻せるのなら。

あのとき、あの瞬間に。

準優勝のメダルを見つめた。デスクの引き出しにしまった。

そのとき、
ピンポーンと、玄関のチャイムが鳴った。

こんな夜ふけに誰だろう。玄関に出ようと振りかえったところで、何かが落ちてきた。

反射的にのけぞり、顔を後ろに引いた。落ちてきた物が、側頭部に当たった。

直撃は避けたが、脳がぐらついた。

天地不明になり、椅子から転げ落ちた。

見上げると、杉原がボトルシップを持っている。理性を失ったその表情は、泣き顔のように見えた。

「浦田。なんか浴衣の女の子が――」

開いた書斎のドアから、日比野が顔を出した。

杉原は、ふたたびボトルシップを振りあげた。浦田に向かって一歩踏み込んだ。

「なにやってんだ、よせ」

日比野が書斎に飛び込んできて、杉原をはがいじめにした。もがく杉原を押さえ込み、ボトルシップをはたき落とした。

「落ち着け、杉原」日比野が叫んだ。

杉原は力を失い、へなへなと床にへたりこんだ。

杉原の目に理性が戻っていく。事の重大性に気づいたのか、あわてたような顔になり、やがて泣《な》きはじめた。

浦田は、殴られた箇所に手を当てた。出血はない。

だが、ひどく痛む。骨にヒビが入っているかもしれない。

「どうした？」

騒ぎを聞きつけた新垣が、書斎に入ってきた。

患部を手で押さえている浦田。泣きじゃくる杉原。それを見下ろす日比野。床に落ちたボトルシップ。新垣はなんとなく状況を察したようだ。日比野と目を見合わせ、空気だけで会話していた。

新垣は、浦田に近寄った。

「浦田、大丈夫か？」

「ああ」

「病院に行ったほうがいいか？」

「いや、病院はいい。それより警察を呼んでくれ」

「は？　警察って、杉原をどうするつもりだよ」

「決まってるだろ。瓶で殴られたんだぞ。傷害、いや、殺人未遂だ」

「ちょっと待てよ」

「はやく警察を呼べ」

「冷静になれよ。杉原は結婚も控えているんだぞ」

「だからなんだよ。俺は殺されかかったんだぞ」

「だからって警察なんて。ただの仲間うちの喧嘩だろ」

「はやく警察を呼べ」

「なんだよ、その命令口調はよ。俺はおまえの部下じゃねえぞ」

「もういい。自分で呼ぶ」

自分の携帯電話を取った。

「待てって」

新垣は、浦田の携帯を奪い取った。

「何があったのか知らねえけど、おまえにも原因があってのことだろ」

「原因？　俺に何の原因がある？」

「ちっ。やっぱり気づいてねえんだな、こいつ」

「なにがだ？」

「おまえは、なんにも気づいてねえんだよな、いつも」

新垣は、デスクの椅子を蹴り飛ばした。

「この際だから言わせてもらうけどよ。おまえは杉原に対してだけじゃねえ。風太に対しても、俺や日比野に対してもそうだ。おまえは俺たちのことを心の中でバカにして、見下しているんだよな。おまえの言葉や態度に出てんだよ、そういうのが。ああ、おまえは偉いよ。野球だってドラフト一位でプロに入ったし、社長になれば大成功、大金持ちだ。おまえから見たら、俺たちなんて、のろのろと地面を這いずって、いつまでもうだつが上がらねえ芋虫みたいなもんだ。

おまえには、もううんざりだよ。おまえは野球部のチームメートだし、甲子園を戦った特別な仲間だから、今まで我慢してきたけど、それもよくなかったのかもな。警察を呼ぶなら呼べよ。だがな、杉原は俺たちの仲間だ。警察が来ても、おまえが転んで怪我をしただけだって、俺と日比野と風太で言いはるからよ。おまえが杉原をねたんで、訳の分からないことを言っているだけだって、俺たちは証言する。それで、おまえとの縁は切る。これっきりにしようぜ。せいせいだよ」

日比野が口をはさんだ。「待ってくれ、新垣」

それから杉原に目を向けた。杉原は泣きやんでいたが、目は放心していた。

日比野は新垣に向かって言った。

「浦田と二人で話をさせてくれないか？」

新垣は不満げな顔を浮かべた。だが、静かにうなずいた。

「杉原、立てるか？」

新垣は杉原に手をさしのべ、ふらつく杉原を支えて書斎を出ていった。

書斎のドアは閉じられた。

日比野と二人きりになった。浦田はデスクの椅子に腰かけた。

日比野はため息をつき、頭をかいた。

「まず、謝らないとな。杉原は、ずっとおまえのことが好きだったんだよ。別れたあともずっと。おまえらが付き合っていたころ、おまえはプロ野球選手だった。あのころはひどかったな。怪我ばかりで、試合に出られなくて、いらいらが募って、杉原にもひどいことを言ったり。正直、見てられなかったよ。

別れたほうがいいと杉原に勧めたのは俺だ。あのときのおまえと一緒にいても、幸せにはなれないと思ったからだ。おまえは誰の言葉にも耳を傾けないしな。杉原は別れることを選んだ。おまえからしたら、裏切られたように感じたかもしれない。でも杉原も、あんな状態のおまえを見捨てたことを後悔していた。そして十二年経った今でも、おまえのことが好きなままだ。

今日、おまえに断りもなく、杉原を呼んだ。杉原がおまえに想いを残しているなら、これをきっかけに関係が戻ってくれればいいなと思ったからだ。杉原ももう年だ。おまえも事業が成功して落ち着いた。彼女もいないみたいだし。どうなるにしても、けじめになればいいと思った。俺が勝手にやったことだ。それがこんな結果を招いてしまった。それに関しては、俺が悪かった。すまない」

日比野は、律儀に頭を下げた。

「まあ、新垣はああ言ったけどな。基本的に俺たちはおまえのことが好きだ。感謝もしている。おまえがいなければ、甲子園の、あんな夢みたいな舞台に、俺たちが立つことはなかった。おまえと同じ野球部にいられて最高だった。おまえのおかげで、俺たちは夢を見られたんだ。そして俺たちは、おまえを尊敬している。おまえはすごいよ。本当にそう思う。野球選手としても、実業家としても。俺はただの焼肉屋で、規模がちがうけど、俺なりに経営の難しさは分かっているつもりだ。

おまえのすごさは物事を振りきっていく力だ。こうと決めたら、テコでも動かない。向かい風も、荒波も、ひるむことなく真正面から突き破っていく。高校生のころからそうだった。おまえは練習でもいっさい妥協がなかった。そして仲間にも妥協を許さなかった。圧倒されていたよ、いつも。おまえは練習の鬼だった。今は仕事の鬼なんだろう。おまえと一緒にいると、自分がいかに凡人か、思い知らされる。

ただ、新垣の言うことにも一理ある。おまえは誰に対しても上から見る。おまえと一緒にいると、気が休まらない。俺たちは、おまえほど才能はないし、強くもない。俺たちの人生は妥協ばかりだ。そんな俺たちを、おまえは見下してくる。おまえに対しては劣等感を抱かされるばかりで、仲間という感情を持てない。きっと、おまえは会社でもそういう態度なんだろ。付き合っていたころの杉原に対しても。

俺たち野球部の仲間に対してさえ、そういう態度で接してくるおまえのことを危惧していた。いつかそのことで、おまえが足をすくわれる日が来るんじゃないかと。まあ、そんなことを言っても、潰れかけの焼肉屋の言うことなんか、負け犬の遠吠《とおぼ》えだと思って、聞く耳を持たないのかもしれないが」

日比野は苦笑いを浮かべた。それから表情をひきしめた。

「おまえの人生はおまえの人生だ。好きにすればいい。だがな、杉原は俺たちの仲間だ。杉原だってマネージャーとして、あの夏をともに戦った仲間なんだよ。風太だって、あのときグラウンドにはいなかったけど、一緒に戦っていたんだ。おまえは、一人で戦っていたつもりかもしれないが。

俺たちは仲間を見捨てられない。あの甲子園の、あの夏は、特別なんだ。あの夏をともに戦った仲間を、俺たちは見捨てられない。杉原を守るためなら、悪魔にだって心を売るぞ。おまえが杉原の敵になるというなら、俺たちがおまえの敵になる。言いたいことはそれだけだ」

日比野は浦田に背を向けて、書斎を出ていった。


翌朝、四人は別荘を出ていった。

新垣、風太、杉原の三人は、浦田ともう会うことはないと覚悟したみたいに、口を閉ざしたまま帰っていった。

日比野だけ、「またな」と言った。

患部がはれたため、病院に行った。骨に異常はなく、打撲で済んだ。上から物が落ちてきてぶつけたと、医者には説明した。

杉原を訴えるつもりはなかった。冷静に考えれば、面倒なだけだ。

それから連絡はしていない。

もう会うことはないだろうと思った。新垣や日比野に言われたことも、甘っちょろい友情論くらいにしか思わなかった。

確かに浦田は、日比野たちを見下している。見下すだけの理由がある。日比野の焼肉屋が潰れかけているのも、新垣が小説家になれないのも、風太がドローンの仕事に就けないのも、浦田に言わせれば、するべき努力をしていないからだ。

成功したければ、するべきことを妥協なく、無情にやるしかない。それができないなら、さっさとやめるべきだ。

うだつの上がらない人間は、往々にして、つまらないことにとらわれている。甲子園もつまらないことの一つだ。浦田は甲子園のスターだったが、過去に属することで、今の自分には関係ないと思っている。学歴同様、どうでもいいことだ。過去がどんなにすばらしくても、今がダメならダメ。

しかし日比野たちは、今でも甲子園準優勝の栄光にひたっている。自分の力で勝ち取ったものでもないのに。野球部の仲間を神聖化しているのも、そのためだ。俺たちは特別なんだと、優越感にひたりたいだけ。

いちおう野球部OBとして、これまで付き合いを続けてきた。しかしもう、これっきりでいい。あいつらはあいつらで、低いレベルで傷をなめあい、昔話を肴《さかな》に友だちごっこをしていればいい。

浦田は友だちを作るために、野球をやっていたわけではない。

ただ、謎が一つ残った。

あのとき、玄関のチャイムが鳴った。

振りかえると、杉原がボトルシップを振りあげていた。とっさに避けることができたから、致命傷にはならなかった。あのチャイムがなければ、ボトルの硬さからいって、死んでいた可能性もある。

日比野が言うには、玄関近くにいたため、インターホンに出たそうだ。インターホンには小型カメラがついていて、来訪者の顔がモニターに映る。

見ると、十代後半くらいの浴衣姿の女の子が立っていた。

「浦田さん、いますか?」と言ったそうだ。

「どちらさまですか?」と聞くと、「サラです」と名乗ったという。

知り合いかと思い、日比野は浦田を呼びにきた。そこで騒動になり、インターホンのことは忘れていたそうだ。

来訪者は、浴衣姿の女の子。「めちゃくちゃかわいかった」と日比野は言った。

思いあたる子はいない。

近所に知り合いはいない。浴衣を着ていたというが、祭りをやる季節でもない。そもそも夜ふけに何の用だったのだろう。

誰も出てこなかったから、帰ったのだろうか。だったら、もう一度チャイムを鳴らしてもよさそうなものだが。

防犯カメラの録画を見てみた。しかし少女の姿は映っていなかった。というのも、なぜか少女が訪ねてくる直前に、映像が切れているのだ。

調べてみると、玄関を映していた防犯カメラの電源コードが切れていた。刃物で人為的に切断した跡だった。どうやってコードを切断したのかは分からない。どのカメラにも、何も映っていなかったからだ。

浴衣姿の女の子が切断したのだろうか。でも、なんのために？

その後、少女は一度も姿を現していない。

いろいろなことがよく分からなかった。

杉原のこと。日比野や新垣に言われたこと。そしてサラ。

すべてが消化不良のまま、胃袋の底に残った。気分の晴れない日が続いた。

一週間が過ぎた。

浦田は元の日常に戻っていた。

半年に一度の店長会議。社長の浦田と役員、全店舗の店長が集まる。

信賞必罰がモットーの会社なので、結果を出している店長には賞与が支給される。結果を出していない店長は、減給ないし降格となる。

社長の浦田が三十四歳。社員構成は若い。五十代以上の社員はいない。二、三十代が九割を占める。

会議室には社長、役員、店長らが顔をそろえていた。ただ一人をのぞいて。

「乾《いぬい》はどうした？　もう時間だぞ」

浦田は、専務の梶谷《かじたに》に言った。

梶谷は携帯電話で乾にかけたが、つながらないらしい。

乾は、二十八歳の最年少店長だ。まじめな男だった。高校野球でピッチャーをやっていたらしく、浦田に憧《あこが》れて入社してきた社員である。

店長一年目。いつも仕事のことを考えている男で、今どきの若者には珍しいがむしゃらさがある。浦田が買っている社員の一人だった。

しかし、連絡もなしに遅刻するとは珍しい。

「まあいい。時間だ。はじめよう」

会議がはじまった。

まずは各店長の現状報告から。

業績の悪い店長には、容赦ないダメ出しが飛ぶ。浦田の性格が、この会社の気風になっている。ダメな社員には、ダメなところを指摘して、改善策を言わせる。自分の発言には責任を負わせる。

年功序列はない。若い社員が白けて、モチベーションが下がるからだ。年長者というだけで、無能な年寄りがあぐらをかき、のさばっている会社は多い。それを許さないために、公平な競争原理を設定して、勝ち負けを判定するのが社長の仕事だと思っている。結果を出せば、出世は早い。

浦田の会社では、若い社員も年上にはっきりものを言う。無能な社員にとってはきつい会社だ。年下から罵倒され、より優秀な社員に地位を奪われる。上司と部下が頻繁に入れかわる。そのつらさで辞職する社員は多い。それでいいと思う。無能な社員は辞めてくれていい。人の出入りは激しい。

途中、梶谷の携帯が鳴った。梶谷は会議室から出ていった。

梶谷は、最年長の四十六歳。

別の会社でマーケティングを担当していたが、その能力を買って、浦田がヘッドハンティングしてきた社員だ。

しばらくして、梶谷が戻ってきた。真っ青な顔をしている。

「社長、ちょっといいですか?」

「なんだ?」

「ここでは、ちょっと……」

他の社員がいる場では言いにくいことらしい。

「続けていてくれ」

浦田は言って、会議室を出た。梶谷と一緒に社長室に入った。

「どうした?」

「社長、落ち着いて聞いてください。今、警察から連絡がありました。乾が電車にひかれたそうです」

「電車? 事故か?」

「いや、それが自殺らしいんです。自分から飛び込んだらしくて」

「なんだって?」

「病院に搬送されて、緊急手術中だそうです。それで警察が、会社からも話を聞きたいと言ってきています」

自殺と聞いても、ぴんとこなかった。予兆もなかった。

「乾は、家庭になにか問題を抱えていたのか?」

「いえ、問題があったのは仕事のほうです。実は、乾の大宮《おおみや》店には、いろいろとトラブルがありまして」

「なんのトラブルだ？　大宮店の業績は悪くなかったはずだが」

「実は大宮店で、あるトレーナーと会員がトラブルになっていたんです。無理なトレーニングを課して、会員の女性が体調を崩したらしくて。そのことが噂《うわさ》になって、会員が大量退会することになってしまって」

「そんな話は聞いてないぞ」

「はい、申し訳ありません」

聞けば、そのせいで業績が悪化していたという。乾は、損失を先送りするような財務処理をして、数字上だけ見栄えをよくしていたそうだ。

「なぜ俺に言わなかった？」

「すみませんでした」

「なぜ俺に言わなかったのかと聞いているんだ？」

「すみません。私の責任です」

梶谷は、頭を下げるばかりだった。

乾は、浦田が買っていた部下だった。なにかあったら、いつでも直接、相談するように言ってある。

なぜ俺に言わなかった?

いや、梶谷は知っていた。梶谷には相談していたのだ。

社長である浦田には言わなかった。

俺が聞く耳を持たなかっただけか。

言わなかったのではなく、俺が聞こうとしなかっただけ。

「だからって自殺なんて……。子供だっているのに」

乾は結婚していて、子供もいる。最近、生まれたばかりだ。

乾と会ったのは二週間前。特に変わった様子はなかった。

「このまえ会ったときも、そんな素振《そぶ》りはなかったのに」

「えっ」梶谷は、驚いたように言った。

「なんだ?」

「あ、いや……」

「なんだよ。はっきり言ってくれ」

「あの……。社長、本当に気づいていなかったんですか?」


一ヵ月が過ぎた。

浦田は、日比野の焼肉店を訪ねていた。

営業終了後の午後十一時。

店主の日比野が一人で後片づけをしていた。

日比野が言った。

「珍しいな。おまえのほうから連絡してくるなんて。夕飯は食ったのか？」

「いや、なにも」

「なんか食うか。余りものしかないけど」

「ああ、悪いな」

「おまえ、ユッケ好きだったよな」

「よく覚えてるな」

日比野は料理を作った。牛肉チャーハンにサラダ、海鮮スープ。ユッケ。

「ユッケって、店で出しちゃいけないんじゃなかったか？」

「衛生面に気をつければ大丈夫だよ。それに客じゃないだろ。おまえが腹を壊したら、ざまあみろだ」

料理がテーブルに並んだ。浦田は食べた。

日比野は後片づけをしながら、言った。

「なんか、大変だったみたいだな」

「ああ」

「今、何をしてんだ？」

「無職だよ」

「でも、おまえのことだから、そのうちなにか、はじめるんだろ」

「そうだな。今のところ、予定ないけど」

浦田は会社を辞めた。

乾は、命に別状はなかった。電車に正面衝突ではなく、側面に当たっただけのようだ。しかし頬骨、肩、肋骨《ろっこつ》など、全身八ヵ所の複雑骨折。全治半年。意識は戻ったものの、現在も入院中だ。

乾はここ数ヵ月、追い込まれていた。店長として、トレーナーと会員のトラブルをおさめられず、会員の大量退会を招いてしまった。損失隠しもした。それを社長に報告していなかった。

だが、梶谷は知っていた。

自殺未遂の二週間前。乾の様子がおかしかったため、梶谷は飲みに誘った。そして事情を聞き、粉飾にまで手を染めていたことが分かった。次の店長会議で、ちゃんと社長に報告するように忠告したそうだ。

乾は、あの会議で報告するつもりだったようだ。しかし、みなの前で叱責《しっせき》されるのが怖くなり、社長の期待を裏切れないというプレッシャーもあって、朝、自宅を出たものの、会社に足が向かなかった。

ふらふらした意識で、衝動的に電車に飛び込んでいた。乾は、そのときの記憶がないとあとで語った。

乾はここ数ヵ月、失点を取り返そうと、休日を返上し、一日十五時間は働いていたという。家にも帰っていなかった。

これらのことをマスコミが嗅《か》ぎつけ、浦田はバッシングにさらされた。コンプライアンスだけでなく、能力主義や信賞必罰といった社風まで、批判の対象となった。その影響で全店舗にわたって、会員の大幅な減少につながった。

浦田が責任を取るしかなかった。経営権を売却し、会社から離れた。浦田に支払われるはずだった退職金は、乾の治療費に回した。

梶谷が新社長になり、会社は再出発をはかることになる。

会社を辞めたことに悔いはない。信賞必罰は、社長にも適用される。社長が責任を取るのは当然である。しかし理由はそれだけではない。

――おまえは、なんにも気づいてねえんだよな、いつも。

――社長、本当に気づいていなかったんですか？

新垣と梶谷に言われた言葉が、胸に刺さっていた。

浦田は、乾の変調にまったく気づかなかった。

乾とはコミュニケーションが取れていると思っていた。だが、それも浦田のひとりよがりにすぎなかった。

なにが俺の目をこんなにも曇らせたのか。

日比野が作った料理を食べながら、物思いにふけっていた。

会社を辞めて、軽井沢の別荘に引きこもった。いろんなことを考えた。

長い人生、立ちどまるのも悪くない、と思った。

日比野の店を見渡す。

特に悪いところはない。

日比野の人柄がよく出ている店だ。嘘や誇張《こちょう》がない。謙虚な商売だが、逆に言えば、のどかだ。今の時代を感じられていない。

経営はこれではダメだ。情報過多の時代、氾濫《はんらん》する情報の波に埋もれないインパクトが必要になる。平均点は重要ではない。選択と集中。どこかに特化しないといけない。SNSに写真を載せたくなるような衝撃であったり、ツイッターにつぶやきたくなるような話題性であったり。

日比野は、本や新聞を読んでいるのだろうか。知識を増やすこと以上に、世の中の動きにもっと敏感になることが大事だ。今の時代に求められる水準を知り、その感覚を養うために、読書は不可欠なのだが。

日比野は、後片づけを終えて言った。

「で、俺に話ってなんだ?」

「ああ」浦田は箸を止めた。「杉原はどうしたのかと思って」

「結婚したよ、上司の人と。俺も会った。いい人だったよ。おまえとは真逆だな。杉原には合っていると思う。きっと幸せにしてくれる」

「そうか」

「いまさら引きとめたって無駄だぞ」

「まさか。そんなつもりはない」

日比野は浦田の前に座った。そして笑顔を見せた。

「もっと落ち込んでいるかと思ったが、元気そうで安心したよ。いや、むしろ厄《やく》が落ちたみたいに、すっきりした顔になった」

日比野は、人の表情をよく見ている。

日比野が社長だったら、乾の変調にも気づいただろう。それなのになぜ、この店のダメなところには気づかないのか。

まあ、そういうものかもしれない。

完璧な人間はいない。みな、なにかしら欠けている。その欠けているものを誰かに補ってもらいながら、人は生きていくのだろう。

浦田は言った。

「それから風太だが、俺の知り合いに、農業機械を作るベンチャーを立ちあげている社長がいるんだ。もとは機械工学の研究者で、農業分野のイノベーションに取り組んでいるんだが、そこで農業用ドローンを開発している。たとえばドローンを使って空中から液体農薬を撒《ま》くとかだな」

「へえ」

「だが、それには技術がいる。空中から農薬を撒くにしても、一定の速度でむらなく撒く必要があるから。そこでドローン操作を教える先生を探しているんだ。まずは先生が操作法を覚えて、農家に教えるということだな。俺が風太の話をしたら、ぜひ来てくれないかというんだが、どうかな」

「それは願ったりだが、風太が車椅子であることは話したのか？」

「ああ、あくまでドローンの先生で、風太が農業をやるわけじゃないから問題ないと言っていた。むしろ障害を持った人のほうが美談になるからいいと言うんだ。国から技術開発の補助金をもらう関係で、障害者福祉という側面があると便利ということらしい。俺は偽善的な気がして嫌なんだが、まあ、利用できるものはすればいいという考え方もある。ハンデも、見方によってはアドバンテージになる」

「それはそうだな」

「あくまでも風太次第だが」

「風太は平気だろ。そういうのは気にしないよ、あいつは」

「ただ、農家にドローンを教えるだけでなく、風太自身も農業について勉強しないといけない。農家は遊びじゃなく、生活がかかっている。それと同じ真剣さが求められる。風太が腰をすえて取り組む意志があるかどうかも大事だ」

「分かった。俺から風太に話してみるよ」

「それから、この店だ。まえにも言ったが、返済の見込みのない金は貸せない。その代わり、アドバイスくらいはしてやる。おまえは経営をまったく分かっていない。野球部のキャプテンをやるのとは訳がちがうんだ。この店には、ダメなところが百個ある。それをちくいち指摘してやるから、すべて改善しろ」

日比野は、あっけに取られた顔をしていた。

「なんだよ?」

「いや、なんでもない」

「とりあえず、店の帳簿を持ってこい」

日比野は奥に引っ込み、帳簿を持ってきた。

やはり、店の状況はかなり悪い。素人経営で、コスト意識が甘く、客のニーズをとらえられていない。

気になる箇所に、赤ペンでチェックを入れていく。

しかし、まだなんとかなる。費用対効果を分析していくことからはじめる。

日比野が、くすくす笑いだした。

「なんだよ。なにがおかしい?」

「いや、おまえと話をしたの、初めてのような気がして」

「いつも話しているだろ」

「おまえが一方的に上からものを言うだけで、会話になってなかったよ。おまえが俺の言うことに耳を傾けたことはなかった」

「そうだったか」

「あのときもそうだった」

「あのとき?」

「おまえが俺の言うことを聞いて、スライダーを投げていれば、打ち取れたんだ。そしたら優勝だった」

「結果論だ。あれはストレートでよかった」

「おまえのストレートはもうヘロヘロだった。あんな球、打たれるに決まっている。スライダーも力はなかったが、まだ曲がっていた。打ち取れる可能性は高かった。実際、ストレートは打たれたし」

「スライダーを投げたって打たれていたかもしれない。確率の問題だ。ストレートのほうが打ち取れる可能性は高かった」

「スライダーだ。スライダーを投げていれば打ち取れたんだ」

「ストレートだ」

「スライダーだ」

「ストレートだ。おまえの意見など聞くに値しない」

「スライダーを投げていれば、優勝だったのに」

日比野はあきれて言った。言い合っているうちに、おかしくなって笑った。

日比野は言った。

「今でも夢に見るよ。あとアウト一つで、優勝が決まる。衣川が打った球が、おまえの横をすり抜けたところで目が覚める」

ピッチャーとキャッチャー、見ていた角度はちがっても、あのとき、あの場所の記憶を共有している。

新垣はファーストから、杉原はベンチから、風太は病院のベッドで。それぞれ見ていた光景はちがっても、同じ記憶を共有している。

野球でも会社でも、一人で戦っているつもりだった。でも、そうではなかったのかもしれない。

生まれ変わったような気分だ。

会社を辞めて、フリーになったせいもある。いや、それだけではない。そのまえ、あの別荘の夜からだ。

あのとき、一度死んだのかもしれない。

それにしても、浴衣の少女は誰だったのだろう。彼女が訪ねてこなければ、浦田は死んでいた可能性もある。

少女をインターホン越しに見たのは、日比野だけだが。

「なあ、あのときの浴衣の……」

「ん?」

「いや、なんでもない」

なんだろう。この記憶の引っかかり。

浴衣の少女とは過去にどこかで会ったような気がする。だが、思い出せない。

まあ、いい。

かわいい天使が現れて、浦田を救ってくれた。そういうことにしておこう。

あの夜、奇跡が起きて、サラという名前の天使が地上に舞い下りたのだ。そして天使は二度と姿を現さない。

「ところで、新垣はどうしてる?」と浦田は言った。

「あいかわらず小説を書いてるよ」

「うまくいきそうなのか？」

「さあ、新人賞に応募したりはしているみたいだが」

「あいつの書く小説、面白いのか。読んだことあるか？」

「いつも読んでるよ。友だちだから言うわけじゃないけど、けっこう面白い。読みやすいし。キャラは立っているし。新人賞の最終選考に残ったこともある」

「そうなのか。じゃあ、まったくダメってわけじゃないんだな」

「ああ。でも話が小粒なんだな。新人賞を取るには、他の応募作から頭一つ抜けだすインパクトが必要だということなんだが」

「インパクトって？」

「前例のない密室トリックとか」

「密室か」

「物語としては面白いんだよな。だからミステリーじゃなくて、普通の小説を書いたらどうかと勧めたんだけど。でも新垣なりに、こだわりもあるらしくて」

「それなら、いいネタが一つあるぞ」

浦田は会社を辞めたあと、別荘にこもって、次のビジネスを考えていた。

ふと思った。

あのとき杉原に殺されていたら、どうなっていただろうか。

別荘にいたのは四人。別荘は防犯カメラで監視されている。おのずと容疑者は四人に絞られる。杉原は逮捕されただろう。

いや、そうとはかぎらない。

一つだけ切り抜ける方法がある。四人には犯行が不可能で、外部の人間には可能だったという状況を作ればいい。

別荘の状況とボトルシップを逆手に取れば……

そう、四人で協力すれば。

「なんだ、いいネタって?」

「名づけて、ボトルシップ殺人事件」と浦田は言った。

「ん?」

「場所は、とある別荘。別荘は、防犯カメラで死角なく監視されている」

「うん」

「登場人物は五人。五人の関係は、まあ、古い仲間だ。そこで殺人事件が起きる。凶器はボトルシップ」

「どこかで見たような話だな」

「殺されるのは、その別荘の主だ。こいつは会社の社長で、巨万の富を得ている。自己中心的で、まわりがよく見えなくなっている。己を過信していて、他人を信じられなくなっているんだな。人を見下していて、つねに命令口調で、感謝の心がない。気に入らない奴は遠ざけて、まわりに憎まれても、そのことにまるきり気づかない。独善的で、こうつくばりで、おごりたかぶった嫌な男だ――」

本書は書き下ろしです。

〈著者紹介〉
木元哉多（きもと・かなた）
埼玉県出身。『閻魔堂沙羅の推理奇譚』で第55回メフィスト賞を受賞しデビュー。新人離れした筆運びと巧みなストーリーテリングが武器。

閻《えん》魔《ま》堂《どう》沙《さ》羅《ら》の推《すい》理《り》奇《き》譚《たん》
負《ま》け犬《いぬ》たちの密室《みっしつ》

2018年5月21日　第1刷発行　　定価はカバーに表示してあります
2020年9月18日　第2刷発行

著者…………………………木《き》元《もと》哉《かな》多《た》

発行者……………………渡瀬昌彦
発行所……………………株式会社 講談社
〒112-8001 東京都文京区音羽2-12-21
編集03-5395-3510
販売03-5395-5817
業務03-5395-3615

本文データ制作……………講談社デジタル製作
印刷…………………………豊国印刷株式会社
製本…………………………株式会社国宝社
カバー印刷…………………株式会社新藤慶昌堂
装丁フォーマット…………ムシカゴグラフィクス
本文フォーマット…………next door design

ISBN978-4-06-294119-8　N.D.C.913　348p　15cm